Dar

È possibile acquistare i libri in catalogo di OAK Edizioni direttamente sul sito della Casa Editrice: **www.oakedizioni.it** oppure sui principali Store di libri e in moltissime librerie italiane.

© 2017 OAK Edizioni – AMW Srl, Alba (Cuneo), Italia
Redazione e vendite: info@oakedizioni.it

Illustrazioni: ArielArt.
Grafica e impaginazione: OAK Edizioni.

Pubblicato nel mese di: aprile 2017

ISBN : 978-88-98113-40-8

Stampato in Italia
Printed in Italy

www.oakedizioni.it

Sené Sepav

Dar

Predgovor

Nema apsolutnih neprekidnosti.
Nema površina.
Nema ravnih linija.
Richard Buckminster Fuller

Može li jedan jedini geometrijski lik predstavljati i utjelovljavati pravi smisao teksta u kojem se izmjenjuju proza i poezija, gotovo se utrkujući tijekom cijelog svog trajanja?

Prelazeći stranice ove knjige odmah pada na pamet slika fraktala. Fraktal je mnogo stvari, a istovremeno samo jedna. Etimologija riječi (od lat. *fractus*) otkriva njegovu čudnu karakteristiku, aludirajući na nepotpunu i samo naizgled kaotičnu dimenziju, ali koja prikriva urednu i dosljednu strukturu koja se ponavlja unedogled u sve manjem opsegu.

Kroz kombinaciju i ponekad preklapanje različitih dalekih glasova, ali u osnovi ne previše međusobno različitih, od slang govora mladih raširenog na mrežama kao što su whatsapp, facebook i twitter, do ohrabrujućih poslovičnih priča djedova i baka, predstavljaju se brojni pripovjedni glasovi, a svaki od njih nosi različit pogled na svijet. Zbor glasova koji se susreću, izmjenjuju i na kraju nestaju.

Od legendarne savane Kralja lavova do mistične duhovnosti Međugorja, od ohrabrujućeg ali strogog zagrljaja snježnih padina Bardonecchia, do nježnih i strmih stijena Recca, geografija prostora i vremena priče izmjenjuju se u skladnom diskontinuitetu.

Kroz pripovijedanje se razvija niz ključnih tema ove priče (među kojima toliko željena ljubav, neizbježna bolest, uvijek prisutna nada, mladost koja može sve što želi) koje kao da slijede ritam života, uvijek konstantan kao onaj srčani. I upravo se u liku srca nalazi sinteza priče. Srce je ono što omogućuje mnogo željeno ponovno sastavljanje različitih ispričanih aspekata događaja u *jednu harmoničnost* sastavljenu od elemenata koji se, poput gelera, predstavljaju snažno i blistavo zasljepljujući čitatelja.

To je znak da skica uređene slike postoji, ali koju u zbunjujućem nizu svakodnevnih događaja nije uvijek jednostavno i lako shvatiti. Ali, na kraju krajeva, tu je.

Simonetta Mango

Za Michelea T.

Rođena je iz hoda pod zvijezdama,
iz pjesme kolotura i truda
mojih ruku. Prijalo je srcu, kao dar.

Antoine de Saint-Exupery
Mali princ

Bog prati olovku
i našu ruku;
ponekad se žalimo
jer je malo sili,
ali on zna koja je krajnja
slika.
Mi znamo samo
skicu.

Prvo poglavlje

Izvrćeš moj centar.
Dopusti mi da nadoknadim izgubljeno vrijeme.
Na vrhu uzdaha, slobodna, putovat ću zauvijek.

Autobus je opet kasnio. Pogled mi se zaustavio na jednom detalju, jednoj košulji na zelene i crvene pruge: -

– Zeleno nada, a crveno strast, - kažem sebi; opet sam na subjektivnom.

– A da je umjesto toga: zeleno trava, a crveno rat? Ili zeleno list, a crveno krv? – Dovraga, evo me opet!

Nakon razgovora, ponovo se počinjem gubiti u svojim mislima; prelistavam stranice uma što je najispravniji način za usvajanje vijesti koje sam tek čula, one koja mi može dati sigurnost koju tražim Ali u glavi pomiješane stranice, prazne, a negdje dupkom pune. Zašto, pitam se? Ipak, to je jednostavno. U međuvremenu, vidim izdaleka moj autobus, broj 52, znam da će me odvesti na stanicu Porta Nuova.

Već poznajem ceste na pamet, znam kada se

trebam držati za sjedalo ili kada se prilijepiti uz staklo što je više moguće kako bi održala ravnotežu u zavoju.

A prugasta košulja? Ponovo kreću paranoje... kada bi napisala prugasta košulja svi bi pomislili na koncentracijske logore. Kako su krhke riječi, uzaludni i brzi putovi misli.

Ponekad, prije no što napišem neki članak, pokušavam predvidjeti svoje potencijalne čitatelje. Evo, to bi mogao biti onaj gospodin u stražnjem dijelu autobusa, zna malo talijanski, ali iz njegovog razgovora čini se zainteresiran za vijesti, čak i one lokalne, najskrivenije, najanonimnije, koje međutim daju pravo lice nejasnoj masi velikih brojeva, velikih događaja, velikih imena.

Michele bi mogao još uvijek biti u baru? On ima povjerenja u mene, podario je mom peru zanimljive vijesti, važnu poruku. Naučila sam tijekom godina kako važnost nije objektivna: ono što danas zanima mene, ne mora istovremeno zanimati nekog drugog pojedinca. Michele mi je, međutim, u dva sata intervjua otvorio svoje srce: ne mogu razočarati ni njega ni čitatelje. Kako posredovati? Reakcija će, međutim, zasigurno ostati razočarana jer očekuju drugu vrstu članka, to već znam, ali ta priča, ta strana, Michele, mora izaći u novinama.

Vidim u daljini stanicu Porta Nuova, kao uvijek nadam se kako neću sresti nikoga koga poznajem. Zaokupljena svojim mislima, palim muziku i pjesma «Ricordati di me» dobrog Vendittia, pomaže mi da se izoliram od svijeta. Moje slušalice su ponekad konopi za spašavanje. Tada sama sebi kažem: - Ako nekoga sretneš, reci da pričaš na telefon i produži dalje!

Ovog puta ta taktika nije upalila. Osjetila sam kako me netko primio za ruku pa sam se užurbano okrenula:

– Bok Vittoria, kako si?

– Mario? Što radiš ovdje?

– Idem posjetiti ujaka, ne osjeća se dobro, a ti?

– U žurbi sam, propustit ću vlak, svako dobro tebi i tvom ujaku.

Pojačavam zvuk muzike i nastavljam, ne obazirući se na to ima li nekog odgovora.

Nije moguće – kažem sebi – da između milijun osoba koje gravitiraju u ovaj grad, naletim baš na mog bivšeg, koji ni ne živi u Torinu.

Miš u mojoj osobnoj biblioteci uma titra, zatvara bijelu knjigu i otvara drugu, prašnjavu i ponekad zbunjujuću te odloženu u kut: «otvoriti samo u slučaju dubokog mazohizma» da, na tim se stranicama skriva moja bol, koja je loše završila, još gore živjela, i koja, što je najgore, možda nikada nije ni započela.

Nekada je ljude
bilo strah da ne ostanu sami,
a danas ih je strah vezati se.

Drugo poglavlje

U životu se uvijek treba boriti!
Neki to rade maštom, a neki riječima.

Ti možeš odabrati! Pazi da ne pretjeraš s navodnicima i da ne skreneš s teme.

– Nisam još napisala ni jednu riječ o Micheleu, želim prvo biti sigurna da će vijest izaći!

– Ti piši, a onda ćemo vidjeti, imamo još tisuću drugih komada za pripremu i ne možemo gubiti vrijeme. Bilo bi bolje da se vratiš kući i pišeš.

– Onda napravimo ovako: vratit ću se kući, pisat ću, a onda ću u vremenu koje mi preostane pisati o Micheleu, ne želim da vijest ispari!

– Dobro, onda napiši ostatak, a ocijenit ćemo da li da priču o Micheleu objavimo sljedeći tjedan na primjerenijem mjestu. Imaš li pristojnu sliku?

– Slikala sam je u baru u Torinu.

– Nisam te pitao gdje si ga slikala...

– Emanuele? Kada ti prođe menstruacija nazovi me! U međuvremenu ti šaljem slike. Ti odaberi!

– Duhovito, imaj na umu da dok se ne dokaže suprotno, ja sam gazda!

– Da šefe, doviđenja.

Znala sam! Sada moram obavijestiti Michelea kako će vijest biti odgođena do sljedećeg tjedna. Idem zubaru, a onda trčim na vlak.

Ovaj sam krajolik vidjela tisuću puta u raznim godišnjim dobima, ali uvijek mi se čini da vidim nove detalje.

Francesca mi je uvijek govorila: - ne treba se previše obazirati na ljude, kada ih intervjuiraš moraš o njima razmišljati kao o aseksualnim bićima.

Imala je pravo moja kolegica i prijateljica, ali za mene su posao i život već bili ista stvar, dakle jedini muškarci koje sam poznavala, a koji su mi se onda svidjeli – ili ja njima – bili su uvijek iz novinarskih krugova.

Kolege sam već odavno isključila: bio je dovoljan jedan koji tada nije ni bio moj kolega. Da, bio mi je dovoljan jedan i bila sam sretna potražiti ljubav, ako postoji, izvan kategorije. Alternativa su tako bile intervjuirane osobe. Mog bivšeg, Maria, upoznala sam, nažalost, tijekom jednog projekta iz kulture. Francesca mi je rekla: – Podcjenjuješ svoje draži, ružna odjeća, neuredna kosa i blijedo lice ne sprječavaju nikoga da se zaljubi u tebe.

Svi me optužuju da sam naivna, možda blesava, ali u osnovi sam bila sanjar. Sada sam postala bezosjećajna.

Mario je želio samo avanturu, a na kraju smo završili zajedno.

U klaustrofobiji te priče, jednom kada sam izašla iz Dedalovog labirinta kojeg sam sagradila svojim rukama, ostavljena sam u Naksosu, ili sam možda bila ja ta koja već neko vrijeme nije znala što bi željela od svog života.

Susrest ćemo se na pola puta,
u Friuliu ili Toscani.
Kupit ćemo autocestu,
kako ova ljubav
ne bi završila na ulici.
Kupit ću aerodrom,
kako bi naša ljubav pošla u luku.

Treće poglavlje

*Ne možeš reći sve što misliš, ali možeš misliti sve
što kažeš.*

Kako bi napisala članak nedostaje mi jedan podatak, Internet mi danas nije prijatelj.

Čini mi se da imam, u jednoj od mojih desetaka kutija sjećanja, jedan članak kojeg je napisao moj kolega na tu temu i kojeg sam izrezala.

U ormaru sam imala više kutija punih papira, slika i svega drugoga, nego odjeće!

Novinari su poznati po tome da su boemi, neopterećeni vanjskim izgledom, ali s notesom pod rukom – ili tabletom – koji kao lutajuće duše idu okolo utjerujući vijesti. Ma! Bez sumnje, među brojnim tečajevima koje nudi Savez novinara dobro bi došao jedan o tome kako se predstaviti osobi koju se intervjuira. Bar ja imam tu potrebu!

Počinjem otvarati kutije, moji su na odmoru – blago njima! –čeka me koji sat emocionalnog nagađanja među brojnim sjećanjima, možemo reći između jedne i druge mentalne «pipe»!

Posljednji sam put ove kutije otvorila prije dvije godine kako bi zadovoljila Mariove manije kontrole.

– Ako nemaš što skrivati, pusti me da pregledam tvoja siječanja – naglasio je.

Komično je to što se ni ja sama nisam sjećala što je unutra, a moram reći kako ni do sada nisam uklonila sadržaj.

Slika do slike Silvana, e baš mi je to trebalo. Izgledao je kao da se rodio u srednjem vijeku i možda usput lupio glavom!

Sram ga bilo! Koliko sam noći zbog njega proplakala! Nikada sreće u ljubavi! Uvijek najgori primjeri narcisoidnosti i slabosti:

– Sviđaš mi se, ali te ne volim;

– Daj mi još jednu priliku;

– Htio bi, ali ne mogu;

– Ti si previše za mene;

– Pretvorit ću se u zelenu livadu kako bi ti mogla mirno šetati, iako ćeš me gaziti.

Ukratko, kompilacija srcedrapateljnih fraza, i «ništa posebno» bi moglo opisati besmislenost tih riječi.

Fotografije, pokloni, dnevnici, karte i gluposti koje sam pričala sebi i drugima.

Jednom sam čak i pomislila sve spaliti, ali ne! Smatrala sam kako bi bilo bolje svako malo otvoriti te kutije, biti loše koji sat kako bi se uvjerila da je tako bilo najbolje.

A izrezani članak koji sam tražila, danas nisam mogla naći. Onda mi se iznenada vratilo sjećanje... posudila sam ga Mariu kako bi ga fotokopirao. Da, uvijek on.

Moj mi bivši još nije vratio moje stvari. Sjela sam na krevet i izbezumljena zaspala među uspomenama.

Ja sam prostitutka
koja piše komične
riječi o osjećajima i istini;
Ja sam sada skoro žena
sa srcem punim ljubavi,
djevojka bez srca.

Četvrto poglavlje

Odsutnost nije jednaka ništavilu.

Georges Bernanos

Ljeto je proletjelo, a ja sam, kao i uvijek, samo radila.

Drogiram se radom kako ne bi razmišljala o svojoj emocionalnoj situaciji: bijednoj!

Dvadeset i pet godina (deset, dvadeset, trideset...) i loše završene veze. Završene? Što govorim? Počele loše, a završile još gore. Moj mi je loš karakter uvijek stajao na putu do zadovoljstva. Mislila sam kako sam ja problem, sve dok nisam shvatila što nije u redu sa mnom: davala sam previše i očekivala jednako. Ne mislim na iznenađenja, poklone ili fizički pristup, već na jednostavne ali temeljne stvari, kao kada podigneš slušalicu i znaš kako će ti se onaj drugi javiti, kako će biti tu da te posluša, da ti da savjet, podršku.

Mislim na nepronalaženje gaćica drugih žena u kući muškarca s kojim izlazim i dvosmislenih poruka na njegovom mobitelu. Ukratko, mislim na dvije stvari: razumijevanje i poštovanje.

Postoje ljudi koji su me voljeli, ali ja nisam voljela njih. A onda sam ih možda na neki način zavoljela.

Zavoljela sam ne toliko osobu koliko ideju koju

sam imala o toj ljubavi.

Svaki sam puta pokupila komadiće, položila sam ih kao krhotine na dnu mora, ali mislila sam na dušu.

Prije gotova dva mjeseca, u kutijama s uspomenama za koje nisam ni znala da postoje, točnije tri: jedna kemijska olovka, jedan lančić s privjeskom u obliku srca i jedan plastični privjesak za ključeve.

Mnoge sam stvari tijekom godina bacila, ali druge su zauvijek ostale u mojem sjećanju. Nešto poput prijatelja koje nikada ne zaboraviš, iako ih rijetko čuješ.

Evo, ove tri stvari imaju priče koje u mom, još uvijek kratkom životu imaju važnu ulogu.

Nikada nisam zamišljala da ću postati novinarka. Nitko me u tome nije vidio, svi su mislili, a ja prva, kako ću postati liječnica: željela sam postati dječji kardiokirurg.

Kad sam bila dijete, mama mi je poklanjala izdanja «Ljudskog tijela» i davala u ruke medicinske i slične enciklopedije.

Bila sam iskreno zadivljena, promatrala sam pažljivo slike organa tijekom kirurškog zahvata, satima sam gledala crtiće Ljudsko tijelo, bila sam strastvena, moja je budućnost bila zapisana.

U petom osnovne sam napisala rad o srcu.

U osmom sam ga proširila.

U srednjoj sam školi izradila konceptualnu mapu pod naslovom «Jedan dan bez sutra», počevši od jedne moje poezije, povezala sam sve ostale predmete.

Poezija je srce, u stvari moj je san bio ostvaren: zainteresirati se sa srca ljudi.

Od poezije do romana, pripovijetki i kasnije do novinarstva, ali uvijek sa srcem.

Tri dara, kemijska olovka, lančić sa srcem i plastični privjesak za ključeve, podsjećali su me na mnogo stvari.

Još od malih
nogu osjećala sam se slobodno
na pozornici (čak i u školskim predstavama)
i gajila sam veliku ljubav za umjetnost.
Sve je to možda bilo potaknuto
činjenicom da sam bila prvo dijete,
prvo unuče s tatine strane
i prvo žensko unuče s mamine strane,
pa su me zato obasipali
pažnjom i poticali moju znatiželju.

Peto poglavlje

*Nauči biti ono što jesi i
dostojanstveno se odreći
onoga što nisi.*

Henri Frédéric Amiel

O Micheleu se više ne govori. Vijest koja je digla toliko prašine krajem srpnja i o kojoj se govorilo cijelo ljeto, pala je u zaborav.

Pravo na zaborav, lijep izraz novinarske deontologije, zapravo je bila drugi način za reći: pravimo se kako smo se zaboravili.

U stvarnosti je to nešto kao priča o čavlima: ako si napravio rupe u zidu, možeš ga popravljati koliko želiš, ali to će zauvijek na neki način ostati slaba točka, barem toliko dugo dok zid postoji.

Upoznala sam Michelea na predstavljanju jedne knjige na kojem sam bila kao novinar. On mi se približio i rekao:

– Čime se baviš?

– Po malo sa svime...pišem za jedne lokalne novine i pokušavam pokriti sve teme.

– Baviš se i homoseksualnošću?

Ne mogu poreći kako mi je to pitanje pobudilo čudan osjećaj.

– U kom smislu? – odrješito ću ja.

– U smislu kako bi volio znati što misliš o tome

i jesi li ikada imala priliku pričati o jednom gayu?

– Ne, ali uvijek postoji prvi put. O čemu s radi?

– O jednoj tužnoj priči – rekao je.

– Ostavit ću ti posjetnicu – rekla san – nazovi me u ponedjeljak ujutro kada vidim tjedni raspored.

– Hvala.

– Hvala tebi.

Brza razmjena riječi ostavila mi je puno gorčine, puno više nego što bi bilo logično. Uglavnom, nisam ništa znala o njemu, ali možda sam već znala dovoljno da bi se osjećala tužnom. Njegove su oči, međutim, bile slika sreće, daleke sreće...Moja je znatiželja bila velika, ali morala sam pričekati do ponedjeljka.

Sada su to već bila sjećanja.

Prošla su dva mjeseca od tog razgovora, ali previše se pitanja gomilalo u mojoj glavi.

Michele mi je pričao i o ljubavi.

Da, on je pisao poeziju, jer je želio izbaciti bijes, a unutra ostaviti samo ljepotu, ljubav, ono što mu je život do tada uskraćivao.

Michele je vjerovao kako svi imaju dar.

Intervjuirala sam stotine osoba, mnoge su prošle nezamijećeno, ali on je bio jedan od onih koji se pamte.

On, Michele, je bio jedan od onih koje ne možeš zaboraviti.

Kemijsku olovku iz kutije s uspomenama sam kupila u Siracusi.

Uvijek sam voljela kemijske olovke, a posebno nalivpera.

Još od djetinjstva sam za svoj rođendan ili imendan uvijek znala zaželjeti kemijsku olovku: kada se puno piše, kemijske olovke se začas potroše.

U Siracusi sam, prije deset godina, bila na školskom izletu. Bio je svibanj, ali je bilo vruće kao da je kolovoz, tako da smo se kod Taormina okupali u moru.

Međutim, uvijek sam imala glavu u knjigama, uvijek. Dakle, dok su drugi po trgovinama tražili „cannoli", sicilijanske lutke i bilo što tipično za to područje, ja sam tražila kemijsku olovku kako bi je dodala svojoj kolekciji.

Oko mi je zapelo za jedno nalivpero od crvene prozirne plastike s likom Simbe, sina Kralja lavova, koji je kasnije i sam postao Kralj lavova. Ukratko, činilo i se originalnim, bilo je lijep poklon – uspomena na gradić, a još i danas ga volim najviše od svih.

S tim sam nalivperom napisala svoju prvu knjigu, zbirku pjesama... od srca.

Kada bi znao odakle dolazi poezija, otišao bi tamo.

Michael Longley

Šesto poglavlje

Dnevnik vremena

Tražim po kutiji mojih sjećanja
nešto što bi me moglo
podsjetiti na moju prošlost.
U njima puno pisama o
izgubljenim ljubavima,
izgubljenim prijateljstvima...
Ništa, međutim, o mojim putovanjima.
Dnevnik suvenira se tako zaustavlja
ne jednoj želji,
da se nađeš na vrhu Moncenisia,
na brodu u Torinu, na cesti mog puta.
Vrijeme je izbrisalo mirise,
toplinu sunca, iskrenost tvog pogleda.
Sve se previše promijenilo, ja sam
se promijenila iz ruže
u trn i zatičem se kako prepuštam
vjetru svoje uspomene
kako bi se sjedinila s boli,
kako ne bi više imala vremena za gledanje
dalje od tvog postojanja.

– Pođi sa mnom u Međugorje, ima još samo par mjesta! – kaže mi Francesca.

– Jako sam zauzeta, nemam vremena – odgovaram kategorički.

– Hajde, molim te, dođi sa mnom! Uzet ćemo par dana za sebe, za molitvu.

– Ja ću moliti odavde, a ti moli za mene od tamo! Osim toga, nemoj mi nabijati osjećaj krivnje, bit ćeš u autobusu s puno ljudi, sprijateljit ćeš se, samo ti idi.

– Dobro, onda sljedeći put.

– Da, poznati «ponovni poziv»!

– Nemoj se Vittoria šaliti s time.

– Ne šalim se, ali danas sam umorna i ne mogu biti simpatična.

– Nazvat ćeš me kada budeš željela razgovarati?

– Da, dogovoreno, a sada moram ići, vidimo se uskoro!

Bez slušanja odgovora, kao što mi se često dešava u zadnje vrijeme, završavam razgovor.

Međugorje! – mislim – Francesca je sve luđa, ili joj se činim sve očajnijom!

Bila sam krštena, primila sam prvu pričest i krizmu, svake sam nedjelje išla na misu, a ponekad sam i pisala o crkvi. Moje je unutarnje zvono zvonilo kao ludo, ali unutar dobro izoliranih zidova zbog kojih se ništa nije čulo.

Previše često sam se prisjećala Mario, one noći, one anksioznosti...

Prije nekoliko godina, Nova godina, luda noć, ali ne i za mene koja o tome nisam ništa htjela znati. Jedna bočica ostavljena pa ponovo uzeta, jedna rastresenost koja me mogla koštati života. Malobrojna i zbunjujuća sjećanja, mogla sam i umrijeti, a ipak sam još bila živa.

A onda Michele... prevelika tuga u srcu.

Međugorje? Odzvanja mi u glavi. A ako je kao Lourdes ili Fatima? Ne, ne želim vidjeti druge ljude koji pate, već dovoljno i sama patim.

Ipak, Francesca je sljedeći tjedan krenula na to mjesto za koje nisam bila sigurna nalazi li se u Sloveniji, Hrvatskoj ili Bosni i Hercegovini. S obzirom na to kako sam se osjećala u tom periodu, već je dovoljno što sam se sjećala kako se radilo o bivšoj Jugoslaviji ili tamo negdje!

U zadnje vrijeme nisam imala ni apetita, pod izlikom posla često sam preskakala obroke. Nisam to trebala raditi, znam.

Kada promislim, viđala sam tisuće ljudi, imala sam epistolarni odnos, na papiru ili mailu, radila sam puno stvari, ali uskraćivala sam sebi ono po čemu se razlikuje ljudsko biće: razmišljanje.

Ne kažem da nisam uopće razmišljala, to bi bilo ljudski nemoguće, jer nesvjesno misli kucaju na vrata, ali moja su bila blindirana.

Po povratku Francesca nije pričala ništa o svom putovanju, ali mi je u ruke stavila jednu vrećicu sa šarenom drvenom krunicom i papirić s likom redovnice i napisom: «Samo ako vjeruješ da „ništa nije Bogu nemoguće" možeš također vjerovati kako čak i čovjek u kojeg više nitko ne vjeruje može ustati i ponovno krenuti u novi život s osmjehom i voljeti život» Majka Elvira, Zajednica Cenacolo.

Oči su mi se napunile suzama nade. Francesca je shvatila da sam razumjela, zagrlila me, a njene su riječi izašle jasno i glasno: - Znala sam da imaš srce ispod tog oklopa boli.

Onda mi je dala još jednu stvar, njenu stranicu dnevnika:

Put u Međugorje između neba i Raja

Za pronalaženje Međugorja, malog mjesta u Bosni i Hercegovini, potrebno je pokušati izvući približne koordinate počevši od dva poznata mjesta. Ako uzmemo zemljopisnu dužinu Beča i širinu Firence, pronaći ćemo ovo mjesto među brdima. Međugorje, čija se etimologija odnosi upravo na njegove fizičke karakteristike, između dva brda Podbrodo i Križevac, poznato je diljem svijeta po marijanskim ukazanjima, iako ga Katolička Crkva još nije priznala.

Ono što je važno, međutim, je kako se na ovom mjestu i u okolici doživljavaju velike emocije vezane za «duševni preporod» «izgubljenih» ljudi. Zajednica Cenacolo je jedno od mjesta gdje se dešavaju ove unutarnje promjene, a ovdje nastaje veza sa Piemonteom. Sestra Elvira Petrozzi, danas poznata kao Majka Elvira, rođena u Sori 1937., otvorila je u Saluzzu Zajednicu Cenacolo 16. srpnja 1983.

Prihvaćala je narkomane i liječila ih molitvom i zagrljajima, čineći da se osjećaju voljeno, korisno i dopuštajući im da ponovo otkriju ljubav za život, bez metadona, ali s najjačim lijekom, ljubavi te uz nezamjenjivo pomoćno sredstvo, molitvu, pomažući im da u sebi potraže biser koji živi, onaj dar za koji ni ne znaju da ga imaju. Počevši od Saluzza, proširila se i u druge gradove po Italiji, a ključna su bila hodočašća u Međugorje. Sestra Elvira je tamo odvela svoju zajednicu i kada je vidjela kakvu su dobrobit dobili, zahvaljujući dobročiniteljima koji su kupili zemljište, u Bosni je otvorena još jedna Zajednica Cenacolo, koja je bila prva od mnogih koje danas postoje diljem svijeta.

Susret i slušanje svjedočanstava u Cenacolu su etape koje gotovo svi hodočasnici prolaze, jer bogatstvo koje daje promjena, ispričano od onoga koji je dotakao dno, očaj, sve čini više mogućim, podnošljivijim, te se počinje vjerovati, vidjeti vlastitim očima kako promjena ide ruku pod ruku s voljom, ljubavi, nadom. Međugorje ima mnogo zajednica, nisu vezane za patologiju ovisnosti, već i za oporavak mladih i odraslih od bolesti od koje kreću sve ostale: tuge.

Zatim pomažu i siročadi, čak i tamo redovnice primaju i susreću hodočasnike. U Ljubuškom, međutim, tijekom hodočašća za Novi godinu, mogao se ponovo proživjeti rat kroz još uvijek vidljive posljedice, samoću brojnih starijih osoba koje je pomagala sestra Paolina i druge redovnice, zahvaljujući providnosti i velikodušnosti hodočasnika u prolazu.

Ove su osobe ostale bez obitelji zbog rata, ali su sretne kada im dođu hodočasnici i pruže im zagrljaj, nježnost, riječ utjehe, osmjeh. Jedna je starica prošle godine upitala sestru Paolinu:

– Jesu li se Talijani uvrijedili? Već nas dva mjeseca nisu posjetili!

Na tim se mjestima već činilo kao da si u Italiji, ponajprije na jugu Italije, kako zbog mediteranske klime i teritorijalnih karakteristika, tako i zbog toga što su hodočasnici bili s talijanskog juga, zbog naglaska autohtonog stanovništva koji dobro poznaju talijanski, i zbog juga.

Tamo su u blizini i slapovi Kravice, jedno netaknuto mjesto: vidi se s autoceste u daljini, tišina, voda, priroda, vode u drugi svijet, iako se u toplijim mjesecima moguće i okupati uz popriličan broj ljudi.

Cenacolo, u suradnji s djecom iz mjesta, organizira za Božić i tijekom praznika do Sveta tri kralja, kazališne predstave na crkvenom trgu.

Pola sata intenzivnih emocija kroz priču o Isusu, o njegovom rođenju, priča o nastanku jaslica sa Sv. Franjom. Ali ono što najviše iznenađuje je bliskost onih koji su u zajednici, a koji su primljeni, prihvaćeni, pomagani zahvaljujući lokalnim obiteljima koji svoju djecu žele obogatiti približavajući im patnju, ljubav i razumijevanje. Sestra Paolina i Teresa, javanski vodič koja je organizirala putovanje, proslavile su uz tortu s brojem pedeset svoje pedeseto hodočašće u Međugorje, uz pedeset posjeta staricama koje ih uvijek čekaju i susreću s radošću. Ovo je također čudo ljubavi i dobrote, ljubav koja nadilazi udaljenosti i razlike. Kako bi zahvalila grupi Talijana koji su je došli pozdraviti, jedna je vrlo stara žena odjednom zasvirala usnu harmoniku.

Uzbuđenima ovdje nije bio kraj. Uspon na Podbrodo, odmah po dolasku 31. prosinca, umorni od onih sedamnaest sati vožnje autobusom, a za one koji dolaze iz Savigliana još i više, pruža neočekivane scenarije po skliskim i strmim stijenama, križni put, ruke koje pomažu bližnjemu na putu. Slijedeći dan se kretalo u 7:30 sati na uspon na Križevac, kako bi došli do bijeloga križa podignutog 1933. povodom obilježavanja 1900 godina Kristove smrti.

Navečer, u žutom hangaru iza crkve, tisuće su pristigle na koncert Zajednice Cenacolo.

A što reći o Nancy i Patricku, paru koji je prodao sve što je imao kako bi izgradili dvorac u Međugorju i posvetili svoj život prihvatu svećenika, redovnica i vjernika, prepričavaju im svoje svjedočanstvo vjere?

Marijanski kipovi, križevi, među kojima i onaj uskrslog Krista koji čuva i svjedoči o još jednoj jedinstvenoj i posebnoj priči, samo su neki od znakova, ali pravi je užitak otkriti vlastite nove poglede na svijet, novo srce za prihvaćanje drugih u naš život, pokušavajući razumjeti, a ne suditi. Međutim, ne treba ići u Bosnu i Hercegovinu, bilo bi dovoljno ponovo otkriti ljubav u nama, tu neiscrpnu rijeku što se ponekad skriva iza oblaka tuge, ali koja živi u nama i nikada ne umire, jer tračak ljubavi postoji i u najtužnijim srcima, dovoljno je malo prokopati, kopati, opet kopati i nikada ne odustajati.

Francesca

Nekome je suđeno otići,
nekome vratiti se,
jer što bi inače imali za ispričati?
Netko donosi vijesti iz svijeta,
a netko drugi čuva one iz svog mjesta,
za one koji će otići,
za one koji će se vratiti i
kako bi se sjećali onih
koji su otišli zauvijek.

Sedmo poglavlje

Nikad ne reci: «Nikad»

Nikad ne reci: «Ja»,
umjesto toga reci: «Mi».
Nikad ne reci: «Moje»,
umjesto toga reci: «Naše».
Nikad ne reci: «Na njemu je red»,
umjesto toga reci: «Ja ću početi».
Nikad ne reci: «Ne mogu»,
umjesto toga reci: «Evo me».
Nikad ne reci: «Odlazi!»,
umjesto toga reci: «Dođi!».
Nikad ne reci: «Sutra»,
umjesto toga reci: «Danas».
Nikad ne reci: «Smrt»,
umjesto toga reci: «Život».
Nikad ne reci: «Nikad».

Schimel Lawrence

Vratila sam se u onaj bar gdje sam intervjuirala Michelea.

Još ga vidim pred sobom: duga brada, nesretne oči (barem taj dan) ali bogate, raščupana kosa, nježne i sramežljive ruke. Mogao bi imati četrdeset godina, rekla sam sama sebi kada sam ga vidjela prvi puta na prezentaciji knjige, prije nego što smo razmijenili par riječi koje su prethodile pozivu u ponedjeljak i susretu u ovom baru.

Ovdje sam bila s puno ljudi: s mojom sestrom, bratom, prijateljicama, ponekim dečkom s kojim sam izašla, čak i sa svojim roditeljima koje sam uvijek molila da mi kupe kekse u obliku srca.

Od djetinjstva sam bila opsjednuta srcem, a tko zna zašto kasnije!

Možda zbog moje mame koja mi je kupovala «Ljudsko tijelo» na kiosku?

Možda zbog mog dobrodušnog djeda koji je umro od srca?

Ili to moje srce nije nikada imalo mira?

Drugo od tri dara koje sam pronašla u kutiji uspomena bio je lančić s privjeskom na srce.

Andrea je bio moj prvi dečko. Tada sam tek napunila sedamnaest godina.

Bila sam u Siracusi kada sam kupila kemijsku olovku na Kralja lavova.

Upoznala sam Andreu u nekakvoj diskoteci gdje sam otišla s profesorima i kolegama iz škole.

– Želiš li bombon? – rekao je.

– Da, hvala – odgovorila sam, glupa i naivna kao i uvijek.

Kada sam stavila bombon u usta, zabrinula sam se: a ako je droga?

Srećom, nije bila, ali nakon nekoliko godina riskirala sam život zbog slične naivnosti! Da, na tu

Novu godinu, ali kada bi se sjetila tog događaja ponavljala sam sama sebi: - Ipak sam živa.

Nikada se ne uči iz pogrešaka ako imaš previše povjerenja u druge.

S Andreom sam malo plesala, malo pričala, a on me sutradan pozvao na spoj kod Palazzolo Acreide.

– Bit ću tamo da te pozdravim prije polaska.

I tako je i bilo.

Hodao je nekoliko kilometara, tada nije imao vozačku dozvolu. Došao je i odgledao predstavu sa mnom i mojim prijateljicama. Zatim mi je, prije pozdrava, rekao:

– Ovo je mali dar, lančić u obliku srca koju je moja rođakinja pronašla u uskršnjem jajetu. Njoj se nije sviđao, a kako od jučer navečer nisam imao vremena pronaći nešto drugo s ovim te malim darom molim da budeš moja djevojka.

Sve je rekao u jednom dahu.

Dao mi je lančić ispred pola škole. Jedna je ptičica u prolazu odlučila obaviti svoju potrebu na moju majicu baš kada smo se htjeli poljubiti.

On je zastao kako bi me počistio, a ja sam ostala u tišini.

Na udaljenosti on tisuću i više kilometara, naša je ljubav potrajala nekoliko tjedana.

Iako mu se izgubio svaki trag, lančić u obliku srca je ostao.

U baru sam se mogla zamislin sa svakim, jer sam tamo bila sa svima, ali moje su misli uvijek bile uz Michelea i možda su s njim odletjele.

I odjednom sam pao i shvatio
kako sam za život bio samo stranac.

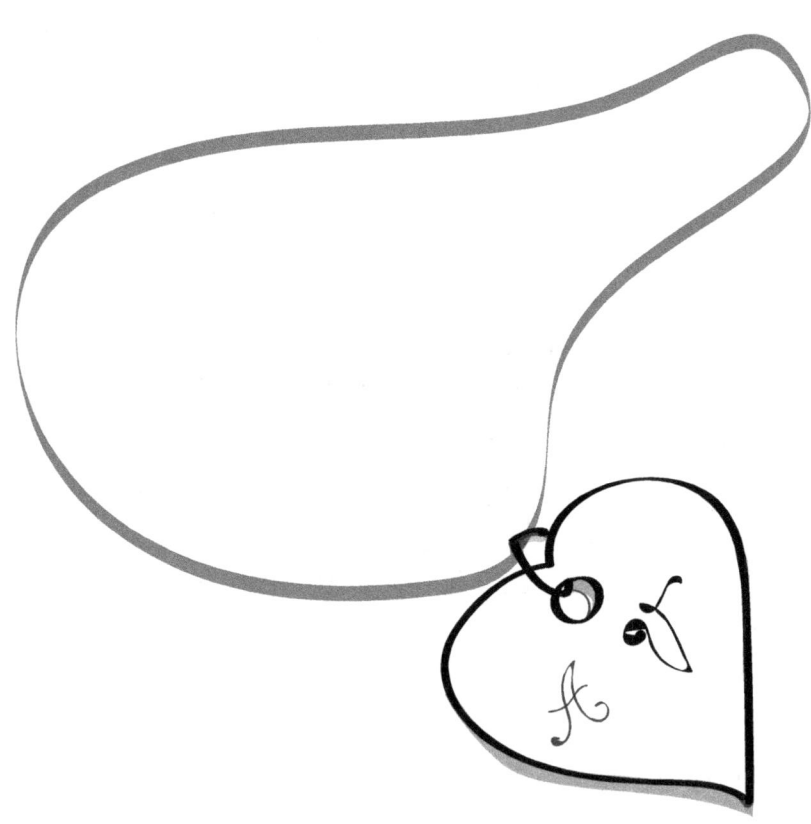

Osmo poglavlje

Izbjeglice

Svi bježimo
On nečega
Od nekoga.

Uvijek sam voljela kazalište, uvijek. Još kao dijete sam sanjala, penjući se na pozornicu za Božićne predstave na engleskom, kako ću jednog dana postati glumica.

Ako bolje promislim, shvaćam zašto sam se počela baviti pisanjem. Zapravo, oduvijek sam sanjala previše stvari za sebe i svoju budućnost. Kako bi se održale sve te želje bili su potrebni papir i olovka.

Imala sam osam godina i u brojnim tajnim dnevnicima, među kojim i jedan mirisni koji su mi poklanjali za rođendan, lijepila sam duple figurice koje nam nisu stale u album s dinosaurusima, nogometašima, crtićima te sam izmišljala priče.

Čitanje i pisanje je način da živimo druge živote. Čak i filmovi, umjetnost općenito, stvaraju druge svjetove. Filmaši, umjetnici i pisci otvaraju nova vrata između svjetova, a pisanje je za mene već bilo privilegirani prolaz kroz sve moguće živote.

Kazalište je imalo ključnu ulogu u mom životu i još uvijek ima.

Nakon završenih sveučilišnih ispita trogodišnjeg studija književnosti, glazbe i umjetnosti, sabrala sam dojmove zaključujući jednu jednostavnu istinu: povijest antičkog kazališta i povijest modernog kazališta bili su među ispitima koje sam najbolje pripremila, s najboljim rezultatima i koji su me najviše oduševljavali.

U eksperimentalnu klasičnu gimnaziju sam se odlučila upisati iz niza razloga.

– Ako želiš postati liječnica moraš pohađati klasičnu ili znanstvenu gimnaziju – govorili su mi mnogi.

– Profesori preporučuju sve srednje škole – pisali su nastavnici osnovnih škola.

A što sam ja željela? Već mi se i tada sviđalo previše stvari, polagala sam nade u mnoga područja. Odrastajući sam shvatila kako smo upravo mi uporište na koje se oslanjaju naše nade, preveliki ili premali vanjski podražaji kako bi upoznali naše istinsko ja ili kako bi ga oblikovali.

I tada sam odlučila bez puno svijesti.

Prekretnica je bila jedna kazališna predstava koju su priredili učenici eksperimentalne klasične gimnazije u Palazzo delle Feste di Bardonecchia; «Odisej», glumac i čovjek, odnosno dječak, oteo je moje srce.

Kazališnom smjeru su mogli pristupiti samo učenici iz klasične gimnazije, ostali su bili isključeni. Ja sam htjela recitirati jer mi je kazalište omogućavalo sanjanje: zbog Odiseja sam sanjala.

Jučer sam u kazalištu u Aviglianu gledala «Molière ili umišljeni bolesnik».

Dirnuo me, ali ono što me ovaj put najviše dotaklo je bilo razumjeti, za razliku od prije deset godina, kako je to stvaran život, a ne fikcija, meta-kazališna dimenzija je dobro odredila neraskidivu liniju između fikcije i stvarnosti, svojevrsnu svakom čovjeku.

Od kada sam upoznala Michelea moj je život bio lažan, a ipak nikada nije bio toliko istinit. Laži nisu uvijek najlažniji dio nas, laganje je složen pojam.

Michele mi je rekao:

– Svatko od nas ima dar.

Mario mi je, međutim, govorio kako je moj dar radost kojom pristupam životu, a to su mi govorili i njegovi roditelji.

Bilo je očito kako nisu razumjeli ništa o meni, mislila sam u srcu, na kraju čak ni ja nisam znala što je moj dar.

Francesca mi je iz Međugorja donijela i jednu maramicu.

– Natopila sam je suzama s nogu kipa Uskrsloga.

Na maramici naslikan lik Bogorodice i natpis:

– Kada bi znali koliko vas volim, plakali bi od

sreće.

Tko voli, daruje.

Možda je najveći dar pomoći dragoj osobi da otkrije dar koji ima u sebi, onaj koji ni ne zna da ima.

Nije mi preostalo drugo do povući se na koji dan. Nisam mogla ići daleko, ali željela sam vidjeti more.

Vratila bi se u Recco, to me mjesto podsjećalo na mnoge stvari i važne ljude.

Moram ići, krenuti sama, ponovo pronaći sebe, isključiti telefon.

Mirco me po cijele dane zove i piše mi.

Draga sam mu i, ako smijem pretpostaviti, vjerujem da me i voli.

Mario, Michele, Mirco, muškarci tri M, tri grbe, tri utega koja opterećuju moj život.

Ništa ne traje vječno, pa ni grbe na duši.

Ali nešto je, unatoč svemu, ipak ostalo.

Sjećat ću te se Michele,
sjećat ću te se u stihovima Hikmeta
koji su obilježili naš
posljednji susret
«Tvoje oči, tvoje oči, tvoje oči...
bilo da odeš u bolnicu ili zatvor,
u svojim očima uvijek nosiš sunce»;
međutim, ti su stihovi bili lažljivi,

upravo si ti bio taj koji
je iz kreveta meni poklanjao
zrake sunca koje
su mi grijale srce,
unatoč svemu.

Deveto poglavlje

Jež

Sklupčala sam se poput ježa,
ne kako bih povrijedila,
već kako ne bi bila povrijeđena,
kako ne bih osjetila
ovo veliko razočaranje koje dolazi izvana
već ga imam dovoljno u sebi.
Za patnju imam dovoljno vremena,
O životu više ne razmišljam,
Gospo, uzmi me ti.

Krećem za tri dana, Recco me očekuje, možda, vraćam se tamo nešto tražiti.

– Ne razumijem te, ponekad sam zabrinuta za tebe, opet ideš sama? Ne možeš li ići na odmor sa svojim bratom, sestrom, nekom prijateljicom? – Ponavljao mi je tata.

– Objasnit ću ti posljednji put. Znaš da često odem na kratka putovanja, intenzivna i s društvom, ali ponekad trebam biti sama, odvojiti se od ljudi, imam potrebu provesti vrijeme sama sa sobom. Je li to tako teško shvatiti?

– Ja nikada ne bi išla sama na odmor!

– Onda ti imaš problem!

– Ti si depresivna!

– Ti ne znaš biti sama, bojiš se sama sebe!

– Dosta! – po tko zna koji put prekidam svoju majku – To je nekoliko sati odavde, nije maloljetna i to joj nije prvi put! Zna se snaći!

Bila je to uvijek ista priča.

Moj me otac vidio kao ogorčenu i očajnu usidjelicu.

Telefon je često zvonio, dobivala sam poruke i pozive muškaraca i mladića koje sam interesirala.

Iako nisam imala WhatsApp, Facebook, Twitter ili nešto slično, ipak sam bila poželjna.

Problem je bio što se s nikim nisam vremenski podudarala.

Ako mi se netko sviđao, on u tom trenutku nije bio zainteresiran za mene, ili ako je bio, bio je previše uplašen da bi mi dao do znanja kako bi želio nešto više od prijateljstva.

Morala sam odustati od nekih kojima sam se sviđala: ili je bio oženjen, ili je imao djecu, ili je bio zaručen ili me jednostavno nije interesirao.

S Mircom se činilo drugačije.

Počelo je kao prijateljstvo, on je liječio moje rane, a ja njegove. A onda je, kao i uvijek, sve krenulo po zlu.

Bilo je to još jedno poniženje. Još jednom je otišao s drugom ženom bez objašnjenja.

Međutim, ovaj put je bilo gore nego prije jer smo bili vezani poslovnim obavezama, a on nije odustajao, i pod izlikom prijateljstva prisvajao je moj život, moje vrijeme i strpljenje.

Pronalazila sam ga svugdje. Činilo se kao neka vrsta noćne more iz koje se bilo nemoguće probuditi.

Znala sam kako će mi uskoro poslati poruku:

– Već te nekoliko dana nisam vidio, gdje si, jesi dobro?

On bi bio jedan od rijetkih koji bi odmah primijetio moje odsustvo, moj odlazak u Recco.

Mirco je shvatio da sam se promijenila otkada sam upoznala Michelea, ali nije znao koliko.

Treći dar koji sam pronašla u kutiji s uspomenama bio je plastični privjesak za ključeve u obliku vražićka crveno crne boje Milana.

Nisam bila navijačica Milana, ustvari, nisam navijala za ni jedan klub. Sviđao mi se amaterski nogomet, sjesti kraj nogometnog igrališta u selu u Kalabriji i smijati se s rodicom, sestrom i prijateljicama.

Da budem iskrena, smijala sam se i bratu.

Federico je pokušavao otjerati muškarce koji su se vrtjeli oko mene i moje sestre – više oko mene jer je moja sestra bila mala.

Federico je bio moj idol, sada malo manje. Kako je odrastao primjećivala sam i njegove mane, ali kada sam imala četrnaest godina, a on dvadeset, za mene je bio sve.

Jednom me jedan dječak iz sela uspio odvući sa zabave uz glazbu i ples. Federico, ometen, nije primijetio kako smo se Gabriele i ja udaljili.

Iza zidića me pokušao poljubiti, ali ja nisam željela. Tako mi je pažnju privukao njegov privjesak za ključeve, moja slamka spasa i izlaz iz te neugodne situacije.

– Kako lijep vražićak – rekla sam.

– Želiš ga? Tvoj je!

Malo riječi i taj dar još i danas žive u kutiji uspomena.

Prije odlaska u Recco htjela sam otvoriti te kutije. Moja je sestra bila kod kuće, kao i moj brat, a roditelji samo što se nisu vratili. Morala sam požuriti, nisam željela da netko zaviri u moju prošlost.

Tri su dara bila uspomene, ali što sam doista tražila?

Tko pokušava otvoriti pogrešnim ključem, može samo ostati vani.

Deseto poglavlje

Nestanak je dimenzija možda,
Možda moram koristiti
prošlost, možda...
Možda jesi, možda nisi.
Ono što znam je da sve u
tebi postaje odsustvo.

– Hoćeš doći na večeru?

– Ne mama, kasnim. Imam jedan intervju, a odmah nakon toga sastanak.

– Dobro, onda ti želim ugodnu večer. Ah! Vittoria, dobila si pismo od slikara, da ga otvorim?

– Da mama, što kaže?

– Šalje ti pozdrave i fotografiju svoje nove slike.

– Nove slike? Ponovo je počeo slikati?

– Tu je i dio tvoje pjesme... vjerujem kako ga je nadahnula.

– Čujemo se kasnije mama, pročitat ću i pogledati sve u miru kada se vratim, sada žurim.

Bila sam zadovoljna, iako više nisam znala izraziti radost.

Dan je počeo loše. Srela sam Mirca u crkvi, nije bilo ugodno.

Čak i u Božjoj kući nisam uspijevala razgovarati s njim bez osjećaja bijesa i frustracije.

I njega sam puno puta intervjuirala, ali ti su razgovori bili tužni, nikada nismo sjeli na miru, samo brzinski telefonski razgovori ili e-mailovi koji su završavali banaliziranjem. Intervjuirala sam i njegovog brata, ali to je bila druga priča.

Došao je u moju kuću, proveli smo nekoliko sati zajedno, a on mi je pričao o svom putu. Komentirali smo zajedno slike mjesta koje je posjetio. Napravili smo, po meni i brojnim čitateljima, jako dobar posao.

Kada započinješ jedan intervju, nikad ne znaš gdje ćete ti i tvoj sugovornik završiti. To je skup osjećaja i ideja koje se postepeno razvijaju tijekom razgovora. Na prava pitanja dobiješ prave odgovore, gotovo uvijek originalne i neočekivane.

Počinje se s generičkim i retoričkim pitanjima, a onda, nakon prvih odgovora, nastojiš shvatiti kako i u kom smjeru voditi intervjuiranog.

Nabaviti primjerene fotografije također nije nimalo lako. Sami ispitanici zaboravljaju dijelove svoje prošlosti, uspomene naviru tijekom razgovora, a nerijetko pitaju:

– Daj mi nekoliko dana da potražim fotografije za koje me pitaš, prošlo je nekoliko godina, nisam siguran ni da ih više imam.

Nije lako kao što se čini.

Toliko puta dobijemo pogrešne odgovore jer ne postavimo prava pitanja.

Shvaćam da sam postavila dobro izbalansirana pitanja kada iz odgovora dobijem činjenice, zanimljivosti, vijesti koje nisam ni očekivala, koje nadilaze maštu.

S Micheleom ne, nije bilo tako.

On je sve učinio sam.

Sjedeći za stolom u baru, čekao me s melankoličnim pogledom, s punom kuvertom fotografija i uspomena, puno razasutih papira oko šalice kave.

Kada sam ušla u taj dobro poznati bar u Torinu, zatekla sam ga tamo, podigao je pogled i rekao:

– Čekao sam te, ali sam već popio jednu kavu. Hoćemo popiti još jednu zajedno?

– Malo sam gladna, hoće li smetati ako uzmem i dva kolačića?

– Uzmi što želiš, budžet nije ograničen, a muškarac uvijek sa zadovoljstvom želi ponuditi ono što žena želi.

A onda ta rečenica:

– Svatko od nas, vjerujem, ima jedan dar.

Michele mi je, u tim satima razgovora u kojima se doimao kao detektiv moje duše, a ne ja njegove, otvorio oči za mnoge stvari, a posebno srce.

Kada se dogodi, jako je čudno.
Do tog trenutka si uvjerena kako se to nikada
neće dogoditi baš tebi. Ne sviđa ti se ideja da
ovisiš o nečemu, o nekome.

Ti koja ne pušiš jer mrziš ovisnost, mrziš lance.

Ti koja poletiš kako bi poslušala prijateljicu koja samo priča o mladiću. Pa se pitaš: «Što ima posebno, a što drugi nemaju?».

Baš ništa. Tada, odjednom, pogledaš jednog mladića u oči i probije te u želucu.

I kao u čaroliji, sjetiš se kada su ti govorili: «Prepoznat ćeš ljubav, osjetit ćeš leptiriće u želucu». Osjećaš se izgubljeno.

Sve u što si vjerovala nestane. Padneš u rasulo. Onda razmišljaš, prisjećaš se svakog trenutka kada si se smijala, slušajući ljubavne patnje svoje sestre, svojih prijateljica. I možeš se samo glasno nasmijati, jer sada se one smiju... tvojim patnjama.

Za Vittoriu, tvoju mrsku sestricu

Jedanaesto poglavlje

Radost je velika, život je vječan.

– Dragi Michele, tvoj dar držim stisnut uza sebe.

Činilo se kao u filmu «Riječi koje ti nikada nisam rekao».

Bila sam na rivi u Reccu. Jedan papir otrgnut sa stranice stare, već gotovo pune bilježnice i jedna mala staklena bočica u kojoj ću povjeriti svoje misli moru.

Dar. Dao mi je puno više on u nekoliko trenutaka provedenih zajedno nego tisuće ljudi koji su mi prošli kroz život.

Bar mi se tako činilo.

Neki su mi opljačkali život i ostavili ruševine od kojih nisu sve za obnovu.

Punila sam se tuđim pričama, jer je moje oteo dežurni Atila.

Kroz pisanje sam rekonstruirala nove priče koje bi mogle dati smisao tom životu, koji više nisam osjećala mojim.

– Zamisli da je Giacomo ovdje, da sjedi ispred tebe sada, baš ovdje, za stolom s tobom – davno mi je rekla Roberta.

– Da, mogu zamisliti.

– Savršeno. Zamisli koliko bi za njega bilo frustrirajuće imati pred sobom ženu poput tebe, koja pozdravlja i koju svi pozdravljaju i koja za sve ima osmjeh, toplu riječ, šalu.

– Želiš reći kako bi krivo razumio?

– Želim reći kako bi se osjećao loše jer bi imao osjećaj da računa na tebe, kao i svi ostali. Te su mi fraze otvorile širom oči koje sam već odavno otvorila.

Nešto je u meni bilo drugačije od drugih, ne gore, ne bolje već drugačije.

Mogla sam suosjećati s velikim i raznolikim brojem ljudi:

Od djece do starijih osoba, od liječnika do novinara, sa svima sam razvijala emotivan odnos prilagodiv situaciji.

Uglavnom, ljudima je sa mnom bilo dobro. Međutim, patili bi kada bi shvatili da moje namjere nisu upućene samo njima.

Općenito sam voljela pomoći ljudima da se bolje osjećaju, donijeti radost i nadu svima.

Nije bio egoizam, nije bio narcizam, bilo je mnogo više. Ja sam bila uistinu dobro s malo osoba, premalo.

Vidjela sam toliko ljudi koji su patili zbog drugih, pa ako sam mogla nekome pomoći, pomoći im upoznati njihove darove, i ja sam se osjećala bolje. Nije bila stvar vjere ili emotivnog volontiranja, već duboko uvjerenje kako svi trebamo osmjeh, razumijevanje, biti poslušani.

Slušanje je osnovni novinarski posao.

I pjesnik uvijek sluša, ali to su dvije različite razine.

Muškarci koje sam upoznala, kao što mi je rekla Roberta, vjerojatno su pobjegli baš i zbog toga.

Previše prijateljska, previše velikodušna sa svima, previše zahtjevna, previše, dakle, kako bi mogli imati strpljenja i želje ostati mi blizu.

Čak je i Giacomo, posljednji dečko kojeg sam upoznala, pobjegao. Pisao mi je iz Napulja teške poruke i tako me ostavio. Popodne suza, dubokog očaja:

– Što nije u redu sa mnom?

Michele mi je to dobro objasnio: «Svatko od nas ima jedan dar».

Prije odlaska u Recco, ponovo sam otvorila kutiju uspomena. Jedna mi je krunica, poklon od moje bake s mamine strane, privukla pažnju:

– Ovo je za tebe, bila je od moje majke, tvoje prabake, a ova je moja.

Kada sam imala osam godina, moja mi je baka poklonila dvije krunice. Sačuvala sam ih ne obraćajući pažnju kako je jedna od njih, ona moje prabake, stara oko sto godina, ako ne i više!

Ta je krunica nešto trebala značiti. Između troje ženske unučadi i dva muška, baš ja... možda jer sam bila najstarija unuka? Možda zato što je mislila kako sam najveća vjernica među njima, možda zato što je mislila kako imam najdublje obiteljske korijene?

Ne znam zašto, nikada neću ni znati, možda i zato što moje bake više nema.

Ali, osjećala sam kao da je još među nama, možda je bila i prisutnija u mom životu otkako je nema.

Moja mi se baka ponekad pojavljuje u snu, kao i moj djed.

Oni dolaze u moje snove kada mi je potrebna pomoć.

U zadnje vrijeme ih često sanjam.

U Reccu sam ponekad bila sretna.

Tijekom svečanosti dodjele nagrada književnog natjecanja u Savoni, upoznala sam roditelje jednog pjesnika iz Genove koji nije bio prisutan jer je na drugom mjestu preuzimao nagradu.

Od tog smo trenutka Mattia i ja počeli sudjelovati na natjecanju u Reccu:

– Idi ti! – rekao mi je – Ja ću te doći pronaći iz Genove, dođi s kim želiš.

To je bilo prije pet godina. To je bio posljednji put kada smo se vidjeli i čuli.

Sve je bilo apsurdno, i on je nestao bez objašnjenja.

Bio mi je drag, za mene je on bio prijatelj, a ja

za njega?

Slala sam mu pisma, poklone, email, poruke, više sam ga puta zvala, ali ništa.

Nakon nekog vremena zamolila sam prijateljicu koja ga je poznavala da ga pokuša nazvati:

– Ne pišem više, završio sam s poezijom! – rekao je, zamuckujući.

Jedan tužan i kratak razgovor, ali bar sam znala da je živ, iako sam osjetila kako sam ga zauvijek izgubila.

– Za njega to nije bilo prijateljstvo, izabrao je kraći put kako ne bi patio – rekla mi je prijateljica.

S Mattiom smo proveli jednu Novu godinu, došao je iz Bardonecchia kako bi me osobno upoznao:

«Za Mattiu, s velikim poštovanjem i iskrenim prijateljstvom».

To je bila moja posveta, zapisana u knjizi koju sam mu poklonila: to je bio moj način kojim sam željela razjasniti naš odnos.

Tako je bilo jasno i ono što sam napisala svom bivšem u istom razdoblju:

«Za Riccarda, unatoč svemu, još uvijek smo ovdje».

I unatoč svemu i on je izašao iz mog života.

Između biti oblak i biti sunce, radije bih bila oblak kako bi mogla plakati kad god to poželim i smijati se sa suncem kada mi to srce poželi.

Dvanaesto poglavlje

Nema ljubavi bez odricanja,
nema odricanja bez ljubavi.

Francesca, kao dobra prijateljica, htjela mi je ponovo predložiti put u Međugorje:

– Idem za Uskrs, ali ako rezerviramo tri mjeseca ranije dat će nam popust.

– Do kada mogu odlučiti?

– Do sada!

– Koliko košta?

– Dvjesto trideset eura, sto unaprijed, a ako rezerviramo odmah platit ćemo trideset eura manje.

– Može! Ali kada je Uskrs?

– Zapravo ne znam... Uzmi nekoliko slobodnih dana na poslu, obavještavaš ih dosta unaprijed!

– Dobro, sada idem, ali novce ću ti dati sutra kako bi mogla platiti i rezervirati za obje, može?

– Može, vidimo se uskoro draga!

Prešla me je, kao i uvijek!

Na kraju sam morala pristati.

Period Uskrsa mi nije bio najbolji, ali to joj nisam mogla reći, štoviše, za sada to nisam mogla nikome reći, ne bi imalo smisla.

Mogla bi izgubiti sto eura, ili strpljenje, otići ću nekako. Ali sedamnaest sati vožnje autobusom bit će previše za mene.

– Nemoj ići na preduga putovanja sa svojim problemima zgrušavanja, ne možeš predugo sjediti.

– Ustat ću svako malo – pomislila sam.

Kroz glavu su mi prolazile Robertine riječi o tome kako su me muškarci vjerojatno vidjeli.

Svi su se povukli, često s trajnim uvjerenjem kako ne bi funkcioniralo.

Nisam se osobito voljela, ali psihoterapija, pisanje i Michele su me naučili kako da upoznam samu sebe ili barem kako da prihvatim svoju tamniju stranu. Ni jedan me muškarac možda ne bi volio cijeli život, ali sam osjećala poštovanje brojnih osoba oko sebe.

Osjećam radost i zadovoljstvo zbog naklonosti koju su mi mnogi izrazili i još mi izražavaju.

Tražim i životnog partnera. Jesu li te dvije stvari možda bile nespojive?

Mnoge su žene s karijerom ili koje vole svoj posao napustili njihovi partneri.

Mnoge su ostale same.

Ja nisam sama, imam puno ljudi koji me vole. Ponekad ne mogu odgonetnuti dolazi li ljubav iz praktičnih razloga ili te osobe nešto iskreno osjećaju prema meni, ali vjerujem kako sam s vremenom uspjela naučiti razlikovati te dvije stvari.

Također mislim kako nije nemoguće da oni koji su mi desetljećima bliski da mi budu bliski i duži period.

Svaki lonac nađe poklopac: moj ga nema ili ima tvorničku grešku.

Dan mrtvih je uvijek bio događaj, godišnjica koja u mom srcu svake godine potiče razmišljanja.

Svatko od nas stalno umire i rađa se. Tijekom svog života gubimo više osoba nego što ih možemo uistinu upoznati. U bjesnilu života vezala sam se za mnoge ljude, od kojih za mnoge ne fizički, već duhovno. Muškarci koje upoznajem ljubomorni su na moju prošlost jer je komplicirana. Naivni su.

Ne treba se bojati prošlosti onaj tko intenzivno živi sadašnjost jer ne žali za ničim i ne vraća se unatrag.

Mnogi to nisu razumjeli, kao ni Giacomo.

On je privremeno bio u Torinu zbog posla. Bio je iz Napulja i tamo je imao obitelj, osim sestre i njenog šogora koji su živjeli u Torinu.

Malo smo se viđali: jedna noć u kojoj se nije desilo ništa osim dugih intenzivnih poljubaca. Nakon toga se udaljio, htio je prekinuti, bojao se.

Michelea više nema, a da budem iskrena, nisam u njega bila zaljubljena, ni sada ga nisam voljela. Ipak, ne mogu poreći koliko je ta osoba promijenila moj život i moja gledišta. Možda bi i učinila to što sam učinila, i da je on bio žena, i da je imao osamdeset godina. Ono što je stvarno bilo važno je da mi je on pomogao otkriti moj dar, zahvaljujući daru koji mi je dao.

Ono što sam uvijek nosila u sebi je to da sam mu uspjela pokloniti malo života kada je on bio blizu smrti.

Giacomo je u meni pobuđivao drugačiji osjećaj. Da bi je samo dopustio da ga tada živim, možda je to mogla postati ljubav.

Kao što je govorila Roberta, brzoplete Giacomove odluke ostavljale su dojam kako se, poput drugih, bojao zaljubiti u zaposlenu ženu koja je razmišljala, planirala, mislila svojom glavom, srcem, ukratko ženu poput mene, jakog karaktera, koja je znala što želi.

Nisam zbunjena, štoviše, prvi puta u svom životu znam gdje želim ići, ali to me ne sprječava da se ne bojim.

Giacomo mi je zatvorio vrata u lice, nisam ga mogla prisiliti na razgovor, ali nije rekao ni da se stvari jednom ne bi mogle riješiti same.

«Ništa nije Bogu nemoguće » pisalo je poruci koju mi je Francesca donijela iz Međugorja.

Tako sam bila uvjerena, tako sam željela vjerovati da će biti.

Htjela sam imati priliku ponovo razgovarati s Giacomom, za to sam se molila svim silama, ali sam i znala da je ishod bio neizvjestan.

Umjesto toga, ono što je bilo sigurno je da je u mom stanju i s mojim iskustvom nisam mogla više trčati za drugim muškarcima. Da čekam Giacoma? Ili ću strpljivo čekati drugoga, posvetit ću se poslu, nekom putovanju, ljubavi ili, zašto ne, nekom novom studiju kako bi proširila svoje znanje.

Bilo je mnogo stvari koje su me čekale u ovom životu, možda još nisam upoznala pravu ljubav ili sam je upoznala, a nisam je znala prepoznati, nismo se znali prepoznati.

Roberta mi je rekla tijekom onog ručka «Očekuj sve!».

Sve se, zapravo, i dogodilo.

Srce može imati korijene,
ali i krila.
Istinski sretno
srce ima oboje.

Trinaesto poglavlje

Ne volim razmišljati o larvi
koja umire i rađa leptira,
ali volim o feniksu koji izgori i
ponovo se rađa iz svog pepela.
Tako sam radila uvijek,
a tako ću i dalje.

Sjećam se prve noći provedene s Michele-om.

Nakon intervjua 15. srpnja, moj se život promijenio.

Tu noć nismo proveli zajedno, ali ubrzo smo proveli cijelu noć u taksiju.

– Jesi li ikada vidjela Torino po noći?

– Da, ali ga nisam cijeloga obišla – rekla sam smijući se.

– Onda se 31. srpnja u devet navečer nađemo ispred kafića?

– Možda me, nakon što izađe članak, više nećeš htjeti vidjeti!

– Ako me ne nađeš ovdje ispred, shvatit ćeš!

– Michele, šalu na stranu, znaš kako je s redakcijom, nije sigurno kako će članak odmah biti objavljen...

– Shvatio sam što želiš reći, nije sigurno da će

članak biti objavljen!

– Ne kažem to... kažem samo...

– Ja ću nešto reći... zahvalan sam Bogu za vrijeme koje si mi posvetila. Jedan pisac uvijek dobro koristi priče koje dozna, susreće i pokupi na ulicama života. Kao što sam ti rekao, nije mi ostalo puno vremena, a znati kako je moja priča u dobrim rukama daje mi nadu za budućnost, iako će završiti objavom članka.

– 31. srpnja ću biti tamo.

– Ako Bog da, bit ću i ja, doviđenja Vittoria. Doviđenja... i hvala za našu noć u taksiju, za našu noć bez cilja u ovom prekrasnom gradu.

– Doviđenja.

Nakon toga je uslijedio dug i tih zagrljaj.

Nisam uobičavala grliti neznance.

Povrh svega, nije mi bio običaj pružati zadovoljstvo muškarcima koje sam intervjuirala, mogli bi me krivo razumjeti.

Vijest je objavljena 31. srpnja i napravila sam skeniranu kopiju za Michelea.

On mi je odgovorio jednostavno «Hvala».

Nisam bila sigurna hoće li se pojaviti na sastanku. Pa ipak, te je večeri došao u devet sati ispred kafića.

– Hvala Vittoria – još jedan dug i tihi zagrljaj, a onda mu je ruka kliznula s mojom u džep moje jakne. Iako je bila sredina ljeta, bilo mi je malo prohladno.

– Već sam zvao taksi, stići će za nekoliko minuta, ali imamo još vremena za jedan kapučino, i kekse... sa srcem, tvoje omiljene!

Ušla sam bez riječi, bila sam u nevjerici, popila sam kapučino u tišini i, po navici, umakala sam kekse.

Bila sam obavijena čudnom sjetom, nije to bila ljubav, niti tuga već želja da tu noć proživim s njim, znajući kako je možda posljednja.

Nemati vremena može biti veliki resurs, odlična prilika za dobar odabir mjesta, stvari, osoba.

Ako imaš sto eura i želiš dvije stvari od kojih svaka košta pedeset, ne moraš birati, ali ako imaš sto eura, a dvije stvari koštaju svaka po sto, moraš se zapitati do koje ti je više stalo.

Kod Michelea se nije desila ljubav na prvi pogled, nije se odmah zaljubio u mene kao ženu, već kao osobu.

Postala sam skrbnik njegove posljednje volje, njegovog tajnog dnevnika, posljednje stranice postojanja koje on nije želio da završi njegovom smrću.

Bila sam svjedok njegove zadnje riječi utisnute na oporuku života koja bi mu produžila život i nakon smrti.

«Svatko od nas ima dar».

Ova mi rečenica i danas odzvanja u glavi, još

i danas kada mogu živjeti samo uspomene... možda.

Sanjala sam kako letim...
stabla nisu bila previsoka,
i bila su blizu jedno drugome.
Rudimentarni zmajevi
su se zaplitali među granama.
Tako je završio moj san o letenju.

Četrnaesto poglavlje

Anđeo nije uvijek prisutan,
inače ne bi bio anđeo.
Njegova povlastica je da
ponekad dođe,
a ponekad te napusti.
To je suština,
trag anđela.

Stefano Benni

«Ništa nije Bogu nemoguće» pisalo je na poruci sestre Elvire koju mi je poklonila Francesca.

Kad se sjetim one noći s Micheleom, imala sam dokaz da je to baš tako.

Taksista je pustio laganu glazbu u pozadini «Se io non avessi te» od Neka.

S rukom u ruci disali smo svjetla Torina noću.

Piazza Vittorio, Gran Madre, Monte dei Cappuccini, Murazzi, Mole Antonelliana, Porta Nuova, Olimpijski stadion, Maria Ausiliatrice, Piazza Castello, Palazzo Madama, i još mnogo, mnogo više.

Čak su i predgrađa bila impresivna.

A onda bolnice... koliko patnje!

Michele mi je čvrsto stisnuo ruku:

– Želim umrijeti ostavljajući dio sebe.

– Ostavio si mi svoju priču.

– To je dar koji si ti meni poklonila, da budeš čuvarica moje priče, ali sada i ja tebi želim ostaviti dar.

Osjećala sam žmarce po leđima.

Nije to bila ljubav već osjećaj da u rukama imam jedan život koji mi je brzo izmicao i koji je na neki način želio biti moj zauvijek.

– Jesi li se ikada zaljubila Vittoria?

– Tako sam zbunjena...

– Zbunjena si o ljubavi?

– Da, i ponekad nepovjerljiva. Mnogo muškaraca, a ništa nisam shvatila.

– Mlada si.

– Ja sam sanjar, često ne razlikujem maštu od stvarnosti.

– Mi, ova noć, smo stvarni.

U tom je trenutku na radiju zasvirao Baglioni: «Niente più».

– Ti si moj smisao; kada se sjetim te pjesme, možda, znam da ljubav postoji.

– Postoji jedan mladić.

– Postoji mladić u tvom životu?

– Ne, ili bolje rečeno da, mi smo prijatelji.

– Prijatelji ste?

– Ne znam.

– Kako razlikuješ ljubav od ostaloga?

– Ne znam, u stvari ne znam jesmo li prijatelji ili nešto drugo.

– Sviđaš mi se Vittoria, jako. Znam da te ne volim, ali jako mi se sviđaš... znaš zašto ti to govorim?

– Ne.

– Zato što umirem, ništa me više od toga ne može uplašiti, pa čak ni to da kažem gotovo nepoznatoj ženi kako bi s njom želio provesti ne samo noć, već i jutro.

– Kako to misliš?

– Nakon ove noći u ovom lijepom osvijetljenom gradu, želim s tobom doživjeti i zoru novog dana. Želim voditi ljubav s tobom, bez obzira voliš li me ili ne, jer me sutra možda više neće biti.

– Ali ja...

– Reci da!

– Da.

Torino je bio prekrasan i noću.

Počela sam plakati.

Shvatila sam koliko je život krhak, previše. Za ono što sam mogla učiniti ili reći danas, sutra bi moglo biti kasno.

Nisam se mogla prepoznati: ja, velika pričalica, stajala sam u tišini, zbunjena, stiskala ruku Micheleu, koji je u biti bio stranac.

Provodila sam noć u taksiju sa strancem...

«Mi smo strelice koje se ne vraćaju, lišće na cesti koje se ne može vratiti svojoj grani, prošlost je sol i topi se kako bi dala okus budućnosti (...) nemojmo izgubiti ono što je iza zida». «Niente più» od Baglionia... od svih pjesama koje su mogle ići na radiju.

Primijetila sam kako sam sretna i
plakala sam od radosti gledajući
kazališnu predstavu,
film, poeziju,
knjigu, sliku,
slušajući pjesmu.
U tom sam trenutku shvatila
kako je umjetnost ta zbog koje
se osjećam živa,
umjetnost me uzbuđuje!

Petnaesto poglavlje

Ne ostaje mi ništa od nas,
ali čuvam sve o tebi:
tvoju višegodišnju melankoliju
koja zasjenjuje tvoj osmjeh,
tvoj nesiguran korak,
spušten pogled,
kao da će sve riječi svijeta koje
se šire iz očiju ljudi zahrđati tvoju dušu.
Ne ostaje mi ništa od mene:
ja sam druga žena,
ogledalo mi daje jasnu sliku
melankolije i rezignacije,
ali zadržava oblik koji
podsjeća na samotnu dinu,
koja je na trenutak dobila novi život.
Ostaje mi samo prihvatiti da smo pustinjska
prašuma koju je nemoguće ponovo sastaviti.

– Bok Vittoria! Kako si? Šaljem ti pozdrave s mora.

Claudiova poruka je stigla u 08:45. Evo nas opet, ponovo napada.

Ne znam je li zaručen, ali neću ga ni pitati jer se sada ne bih dobro osjećala.

– Dobro sam, recimo. Kako lijepo, i ja bih

željela biti na moru.

Pa čak i u toj prokletoj poruci nisam uspijevala napisati istinu: «Željela bih biti tamo s tobom».

Izaći iz kuće, potražiti vijesti za članke, pričati s puno ljudi...

– Kada se vratim popit ćemo kavu?

– Od kave mi je muka :)

– Kako si komplicirana! Popit ćemo što želiš, moram razgovarati s tobom.

U tom mi je trenutku hrabrost došla iznenada. Mislila sam na Michelea, na njegove posljednje riječi «Živi svaki trenutak kao da ne postoji još jedna stranica koju treba ispisati».

– Claudio, dobro, ali daj mi dobre vijesti...

Nazvao me i rekao mi kako moramo popričati o poslu, ali onda je, kao i uvijek, dodao malo soli razgovoru:

– Onda, još uvijek misliš na Michelea?

Počela sam plakati.

– Michele... Michele... je mrtav.

– Mrtav?

– Claudio, moramo razgovarati, moram to učiniti zbog tebe i mene... ali ne znam hoću li uspjeti!

– Plači, ispuši se, znaš da to sa mnom možeš.

– S tobom sam htjela mnoge stvari...

– Na što misliš?

– Ništa... vidimo se na kavi.

– Moram i ja tebi reći neke stvari...

– Vidimo se uskoro.

Padao je snijeg. Te su nedjelje na ručak trebali doći moja sestra i njen dečko, moj brat i njegova djevojka, moji roditelji sa svekrom i svekrvom.

Rekla sam im kako ću nakon ručka morati raditi na računalu: «Moram napisati puno članaka».

Svi su me oni jako voljeli. Ja sam prolazila kroz težak period: Micheleova bolest, dani i noći provedeni s njim i ona noć u rujnu.

Onda je tu bio i Claudio, duh prošlosti, poslovna nesigurnost, studij i bolest koje sam se bojala...

Nikada nisam toliko željela zatvoriti nekoliko otvorenih krugova u svom životu.

Osjećala sam se ošamućeno u posljednje vrijeme, umorna, pospana... nekako sam se gubila, nisam mogla više s nikim razgovarati.

S Micheleom sam vodila ljubav. Bilo je slatko.

Bila sam sigurna kako ne boluje od zaraznih bolesti, a tumor se ne prenosi ljubavlju.

Kada sam ga upoznala već je bio pred krajem. Bio je posvuda taj prokleti tumor.

Biti tako blizu smrti i osjetiti tako jako njegov život, to mi je otvorilo čitav svijet.

Nije me on razbolio, on mi je otvorio oči za život.

Francesca je htjela da idem u Međugorje kako bi preživjela bol koju sam nosila u sebi.

Nastavljala sam se drogirati poslom i obavezama.

Onda je tu bio Claudio...

Francesca mi je uvijek govorila:

– Voliš li Claudia? Voli li on tebe? Ne znate, ali morate otkriti.

– Claudio će sigurno biti s drugom i rekao mi je na sve načine kako smo samo prijatelji.

– Prijatelj se tako ne ponaša.

– Kako tako?

– Ljubomora... posesivnost... ta neugodnost!

– Njemu sam draga, a i on meni.

– Zašto si sve poslala k vragu? Zašto je on još tu?

– Zato što je... jer je on moj prijatelj.

– Da, on je tu... u tvom srcu.

Ovaj je život hodnik,
samo je u prolazu.

Šesnaesto poglavlje

Kažu kako su novinari prostitutke.
Dakako, mnoge su napustili «klijenti»,
nakon službe. Ne ostaju blizu uživati u trenuci-
ma slave. Nisu svi novinari prostitutke, ne pro-
daju se za usluge. Nekima je to porok i nisu svi
klijenti, a sigurno su mnogi nestrpljivi.
Sigurno je da se u ovom poslu susreće mnogo
lica koja se izbrišu s vremenom,
samo trenutak ostaje i možda
pokoja riječ koja se,
kao u hotelu, potroši u jednom satu.

Francesca me već pridobila da idem s njom za Uskrs u Međugorje.

U posljednje vrijeme sam bila stvarno loše, tragovi i izvan ciklusa, ako to tako mogu nazvati, mrlje, uvijek mrlje.

Nisam imala hrabrosti otići kod liječnika. Uzimala sam dodatke prehrani i išla dalje.

Zatim je tu bio i posao, približavalo se vrijeme godišnjih odmora i počinjale su konferencije koje je trebalo pratiti.

– Bok Vittoria, hoćemo li se naći sljedeći tjedan?

– Želiš znati koje vijesti imam?

– Jesi tu?

– Da, da, oprosti… u subotu je otvorenje izložbe fotografija u Palazzo delle Feste, u nedjelju se nalazim s gradonačelnikom kako bi saznala što planiraju organizirati za Novu Godinu, danas imam dva sastanka povodom otvorenja novih komercijalnih aktivnosti, koje ovih dana…

– Da, dobro… dobro! A s čime ćemo početi ovaj tjedan?

– Tiskovnom konferencijom u Torinu o radovima na Pian del Colle?

– Dobro… do kada ćeš mi sve poslati?

– Do utorka.

– To je kasno.

– Ali treba mi toliko vremena.

– Dobro, ali najdalje u utorak – odlučno je rekao urednik i završio razgovor.

Onda je zazvonio telefon, bilo je to deseti poziv od jutros… bio je to Claudio!

– Jesi bolje?

– Jesam… reci!

– U nedjelju ćeš onda doći na susret?

– Tko će doći?

– Ona ne…

– Neće iskočiti kao horor iznenađenje iz nekog božićnog poklona?

– Prestani!

– Prestani ti!

– Da prestanem što?

– Prestani činiti da se osjećam loše.

Bacila sam slušalicu i počela plakati.

Bio je to, u nekom smislu, početak oslobođenja.

Duhovi, prisutnosti,
duše koje se pojavljuju i otapaju
kao snijeg
u prolazu na motornim sanjkama,
kao dah u hladnoj noći,
kao moje srce otkada te više nema.

Sedamnaesto poglavlje

Ne mogu se ponašati
kao val u moru.
Ne mogu dopustiti da me nosi
srce koje ne zna što reći.

– Bok Fra.

– Jesi razgovarala s njim?

– S kim?

– S Claudiom.

– Ma pusti.

– Ja vidim u tvom pogledu da ga želiš! Gaćice sa surlom? Lisice?

– Ma što to govoriš! I prestani misliti o Claudiu na taj način, rumenim se!

– Eto…

Ulica Medail se počela puniti ljudima. Centar Bardonecchia nije bio pust kao u ostalim periodima godine i počeo se disati novi zrak. Otvorenje skijaške staze, prvi snijeg, potpomognut onim umjetnim, prekrivao je lijepi dio.

Dućani su počeli ukrašavati izloge božićnim ukrasima. Fotografirala sam za novine pokoji lijepi izlog ili neke sanjke Djeda Mraza.

S Francescom je bilo teško šetati, nije podnosila da me ljudi stalno zaustavljaju.

Ovdje su me svi poznavali, iako tu nisam rođena, doselila sam kada sam imala dva mjeseca.

Claudio je bio odavde, i tu je oduvijek bio. Gotovo vršnjaci, dijelom slični, bliski, a opet tako daleki. Tko bi ikada rekao kako ću se jednoga dana zaljubiti u njega?

On me nije puštao, a ja sam mu to dozvoljavala. Zaljubljenost i ljubav su dvije različite stvari, ali to sam tek sada počela razlikovati.

Nije probavio priču o Micheleu.

U mojoj kutiji uspomena nema ništa o Claudiu... ne želim više imati uspomenu na njega.

– Pogledaj ovu haljinu, što misliš Vittoria?

– Mislim da je vrijeme za misu, imam se potrebu pomoliti.

Nastupila je tišina, a Francesca i ja smo se uputile prema Sant'Ippolito.

Blizu i predaleko, dalje od vječnosti.
Sve ljubavi koje ću živjeti imat
će u sebi malo tebe,
jer znam da ćeš,
gdje god da odeš, u svakom trenutku ostati
nezaboravna.

Antonello Venditti

Osamnaesto poglavlje

Usamljenost
Moja se žena zove
Samoća:
moja je radost samo
tuga;
tišina je moj
najveći prijatelj;
prošlost nije ništa više do
moja budućnost;
sjećanje na tebe
je cijeli moj život.

Raffaele Molinari

Odnekud moram početi i odlučila sam početi odavde.

Ne znam što je ljubav, nisam još shvatila. Ljubav je patnja? Ljubav je radost? To bi bilo previše jednostavno.

Možda je misliti da želiš, da znaš, sve u tvom životu. Kada te gledam u oči, kažem si: «Što ja to radim?».

Trebam te, to je tako intimna hitnost koju je nemoguće objasniti. Toliko si prisutan u mom životu da ga ne mogu zamisliti bez tebe.

Čovjek si pun vrijednosti, osjećaja... i smijem se misleći da dok ja ovdje sanjam o tebi, ti tamo negdje na drugom kraju svijeta kušaš i okus dijeliš sa nekom drugom ženom koju voliš.

Kako bih voljela da sam ja ta s kojom kušaš život! Potisnula sam ono što sam osjećala i što još osjećam za tebe.

Lakše je zabiti čavao u zid kako bi držao sliku, nego držati u srcu tebe koji uvijek padneš u zagrljaj neke nove ljubavi.

Zašto je tako teško voljeti i biti voljen?

Možda voljeti znači ušutkati razum i pustiti srce da govori?

Ne treba biti rob ljubavi, već bi nas ona trebala voditi prema našoj najvećoj ljubavi? Voljeti je možda drugo lice života, voliš, dakle postojiš.

Onda ću te nastaviti voljeti i biti živa, iako nije sigurno kako si i moja nagrada.

Večeras se osjećam crvena, jer se osjećam živa.

Jedna mi je prijateljica, velika vjernica, ponudila dar, jedini pravi dar koji sam trebala: voda Madonne delle Rose.

Tri Zdravo Marije, nekoliko molitvi zahvale i tako... gutljaj po gutljaj, kako bi povratila snagu za živjeti, vjerovati i povrh svega voljeti svaku patnju, blagosloviti svaku bol, svaki strah, čak i onaj od ljubavi, da te volim.

Postoje zalasci koji
nikada ne zađu.
Posvećeno onima koji
idu protiv struje,
ali nikad protiv srca.

Massimo Bisotti

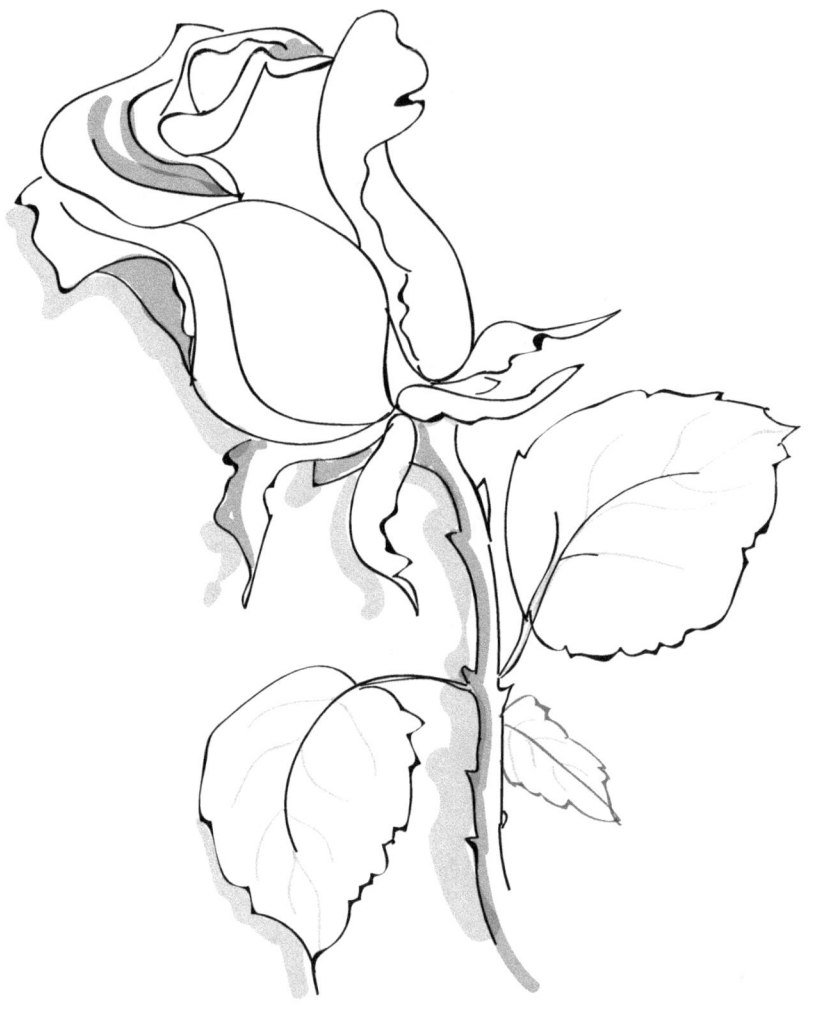

Devetnaesto poglavlje

Ponekad razmišljam
kako si mi milovao trbuh i
govorio kako bi želio da u
bliskoj budućnosti postanem
majka tvoje djece,
žena tvog života.
Više od dima ubija sumnja.
Nada i očaj imaju isti razlog.
Svi smo podstanari maternice,
jer tamo nitko ne ostaje zauvijek.
Prolazan život u nama podsjeća nas
kako nam ništa zapravo ne pripada.
Stvari koje se mijenjaju,
one koje ostaju...
kada se počne uvlačiti
previše sumnji,
čak i one postanu izvjesnosti.

Sada je postalo neosporno.

Uvijek sam imala obilne mjesečnice, ali već sam tjednima imala nepravilne mrlje, mučnine, nepoznate i čudne smetnje, nagle promjene raspoloženja, bolove slične onima kada sam imala nisku razinu željeza, i iako nisam imala jak osjećaj gladi, moje su se obline povećale.

«Nabacila si koju kilicu? A smršavila si u zadnje vrijeme. Vratila ti se glad? »,

Bilo je to pitanje koje su mi sve češće postavljali.

Kod kuće me sestra stalno pitala, a brat, iako odsutan i ometen, zbijao je šale na račun mojih prsiju: «Možeš li mi dati jednu loptu za nogomet?». Nitko, međutim, nije ozbiljno sumnjao da sam trudna, nitko osim mene.

Na početku, nakon onog dana s Micheleom, malo sam posumnjala, ali nisam nikada pomislila da sam trudna: «dogodilo se samo nekoliko puta u danu, on je bolestan, a ja nisam u fazi ovulacije». Sve su to bili izgovori kako bi negirala sebi da je Micheleova želja da mi daruje dio sebe uistinu urodila plodom.

Bila sam mlada, ali ne jako mlada. U mojim su godinama mnoge žene već imale djecu: mnoge su moje prijateljice bile mame, a neke i udane.

Pomisao da sam trudna i nositeljica tako velikog dara kojeg mi je darovao čovjek kojeg više nema, bio je prevelik teret za podnijeti.

Uvijek sam sanjala bijelu haljinu i lijepo vjenčanje, a tek nakon toga djecu. Nisam mogla pomisliti da imam dijete koje neće imati oca. Ne samo da bi mu morala objasniti kako mu je biološki otac mrtav, već i to da pored mene ne postoji osoba koja bi popunila prazninu muške figure koju nikada neće upoznati.

Ne znam ni zašto sam pristala voditi ljubav s njim.

Michele je živio sam u dvosobnom stanu s nekoliko osnovnih komada namještaja i ulici Chiesa della Salute, nedaleko bara u kojem smo se sastali.

Tu smo, ne previše toplu, srpanjsku noć proveli u taksiju, obilazeći uzduž i poprijeko Torino, njegove ljepote, njegovu veličinu i njegov jad. Put koji ga je puno koštao, u ekonomskom smislu, ali znao je da će još kratko živjeti i nije pridavao vrijednost novcu.

Michele, trideset i osam godina, ne preoštrih linija lica, pokoja sijeda vlas i tijelo osobe kojoj se smanjuje životna snaga. Mršav, ali ne previše, još je uvijek imao kosu jer nije pristao na kemoterapiju ni druge tretmane, dali su mu male šanse pa je tako odlučio. Njegove su oči bile na meni.

– Ono što sam te pitao u taksiju je bila istina, želim voditi ljubav s tobom.

– Ja... ne znam što reći...

– Nemoj ništa reći, dopusti da te zagrlim, ljubim i milujem tvoju kožu i lice.

– Michele, skoro pa se ni ne poznajemo, prestara sam za seksualnu avanturu sa strancem, gotovo na prvom spoju...

– Nisam stranac, duša čovjeka koja će uskoro odletjeti ti govori, duša jednog čovjeka koji želi ostaviti dio sebe.

– Ti si ostavio mnogo onima koji su imali sreću poznavati te, ostavio si mnogo i meni.

– Govoriš kao da sam već mrtav, bojiš se čovjeka koji umire? A da ne umirem, vodila bi ljubav sa mnom?

– Bih, ali sa zaštitom, ne možemo se igrati sa životom, to je prevažno.

– Kao što sam ti već rekao... kada umireš, naučiš jasno govoriti, zato što znaš kako svaka riječ, svaka tvoja želja bi mogla biti posljednja. Vittoria, pitam te da vodiš ljubav sa mnom, kao da je za oboje ovo posljednja prilika.

Uzeo me za ruku, stisnuo me i počeo ljubiti s takvom strašću da se još uvijek sjećam onih trnaca koji su mi prolazili cijelim tijelom, bio je to čudan osjećaj, osjećaj kako to ne bi bio normalan odnos, kao da sam odsutna, ali u isto vrijeme nikada toliko prisutna.

Desilo se, dva puta... Michele je bio premoren, ali sretan. Bio je kao da je svoju posljednju energiju iskoristio na meni, svojoj «čuvarici budućnosti», jednog života koji je odlazeći od njega možda ušao u mene.

Nikada ne bi mogla zamisliti da sam trudna, zato što ne bi mogla prihvatiti kontekst u kojem bi ovo dijete došlo na svijet.

Posljednji sam put Michelea vidjela u rujnu. Prošlo je dva mjeseca sumnje u trudnoću. Otišla sam u ljekarnu po test: «Napravit ću ga u bolnici s njim, nakon svega to je njegovo dijete, ako sam trudna želim to saznati s Micheleom».

Kada sam stigla u bolnicu Michele je bio u krevetu pod sedativima.

Bio je na samrti i nije mu ostalo još mnogo. Šokirana, bacila sam test u kupaonici i o tome nisam ništa željela znati.

Vratila sam se u bolnicu sljedeći tjedan s istom mišlju: «Možda je ovaj put budan» rekla sam sama sebi, no tada je već bio mrtav. Prazan krevet, još nitko nije zauzeo njegovo mjesto. Pitala sam medicinsku sestru koja mi je rekla kako je otišao noćas.

«Nije puno patio».

Prolazeći kraj izloga pogledala sam se ometena, osjećala sam se kao komad mramora i kao da su mi napravili ispiranje mozga, zaboravila sam na dijete.

Netko je dao,
netko je izgubio,
netko se na kraju
nije predao.
Dijete koje
je trebalo doći
na svijet.

Dvadeseto poglavlje

Trenutak kada treba reći dosta.
Naučiti biti sposoban okrenuti
stranicu i ne poderati je zbog
straha od ponovnog čitanja.

Michele mi je u tom intervjuu govorio o svom životu, punom patnje i nesporazuma koje je na kraju svog postojanja želio ispričati. Pisao je pjesme, volio je čitati i još od djetinjstva je sanjao kako će napisati roman s ljubavnom intrigom.

Nikada nije napisao roman. Njegov je život prisilno krenuo drugim putem, kao i sve ono što je učinio u životu, osim njegova posljednje volje.

Pisao je pjesme, ali i mnoge razasute misli.

Michele je rođen na jugu Italije, a u Torino je došao kada je imao malo više od tri godine. Nakon godinu dana rodio se njegov brat.

Njegovi roditelji su već bili stariji: mama je imala trideset devet godina, a tata četrdeset pet.

Odmalena dva su brata bila različita. Michele grub izvana, a osjećajan iznutra, a Silvio, koji je uvijek bio na rubu suza, činio se vrlo krhak.

Imali su strogo obrazovanje. U prvim godinama zabrinutost već starijih roditelja ih je gušila i Michele je osjećao veliku odgovornost.

Kada je otišao u vojsku i kada se kasnije zaposlio u osiguravajućem društvu obiteljskih prijatelja, sva je pretjerana pažnja usmjerena na Silvia.

Michele i njegov brat nisu imali neki odnos. Silvio je bio preokupiran svojim studijem ekonomije: precizan, koncentriran na budućnost, ali loš u socijalizaciji.

Kada je diplomirao s odličnim uspjehom, postao je još usamljeniji. Radio je za veliku tvrtku i ubrzo kupio kuću. Tako su se putovi dva brata još više razišli.

Roditelji su se vratili živjeti na more. Međutim Michele i Silvio se nisu ponovo zbližili.

Prve Micheleove ljubavi uvijek bile iluzija kako će sve na kraju završiti brakom.

Silvio ništa, nikada nikakve prijateljice, nikada prijatelja, nikada djevojke, baš ništa.

«Imam puno za učiti» govorio je «Puno posla».

Oboje su već imali više od trideset godina.

Jedne je večeri tijekom večere Michele ponovo započeo temu:

– Silvio imaš li kakvu djevojku?

– Ne, ja stvarno nemam vremena za to...

– Nemoj mi reći kako ne postoji ni jedna jer ti ne vjerujem!

– Ne, stvarno, rekao bi ti.

Zatim su razgovarali o drugim stvarima. Na

kraju večeri Michele je otišao uzeti kaput sa Silvijovog kreveta.

Dva para muških gaća, jedne do drugih, pokraj kreveta.

– Oblačiš dvoje gaća odjednom?

– Ne, Michi, ustvari, nisu obje moje...

– Nemoj mi reći da su moje.

– Nisam to rekao...

– Želiš reći da imaš goste?

– Ne, nemam goste. Ja živim s nekim...

– Što mi pokušavaš reći Silvio?

– Nema se tu što puno reći, ti si moj brat...

– Jesi li svjestan? Ako to otkriju mama i tata?

– Ne moraju znati.

– Znat će jer ću im ja reći, mangupe! Eto savršenog sina koje je zapravo homoseksualac.

– Michele, daj da ti objasnim...

Michele je zatvorio vrata kao da iza njih ne ostavlja svoga brata, već potpunog stranca.

Dva dana kasnije zazvonio je telefon.

– Filippo ovdje, peder veći od onoga što je bio tvoj brat. Samo sam ti htio reći da ga skupljamo s asfalta, ako baš želiš znati.

Poklopio je slušalicu taj Filippo kojeg Michele nikada nije osobno upoznao.

Silvio se bacio s prozora svog stana na petom

katu, ostavivši samo nekoliko redaka:

«Cijeli život sa sramom skrivam tko sam, sada letim s čašću jer svi znaju tko sam bio i želim da bude jasno da oni koji su me trebali voljeti, samo su me odbacili. Zbogom mama, tata i Michele. Vaše najveće razočaranje, vaš sin i brat gay».

Više od trideset godina Michele je osjećao tupu ljutnju prema Silviu, jer se trebao brinuti i biti odgovoran za njega otkada su bili djeca, budući da je bio mlađi sin i najdraži jer je diplomirao, bio lijep, inteligentan i uglađen. Michele je zavidio svom bratu i iskoristio je njegovu slabu točku kako bi ga dotukao.

Nije mislio kako bi njegov brat mogao učiniti nešto slično, vjerojatno je Silvio imao u njega povjerenja i pozvao ga je k sebi kako bi razgovarali, a prizor s donjim rubljem je samo bio način kako da započne tu temu.

Smrt njegovog brata ga je duboko pogodila. Od toga dana prošlo je oko pet godina: vrijeme koje je on posvetio borbi protiv homofobije. Osjećaj krivnje zbog toga što je iskoristio seksualno opredjeljenje svoga brata kakao bi ga prikazao u lošem svjetlu pred roditeljima zauvijek ga je pratilo.

Njegovo je ponašanje bilo najgore moguće. On nije bio homofob i nikada, baš nikada nije želio Silviovo samoubojstvo.

Michele je napisao brojne pjesme i razmišljanja o zavisti i raznolikosti.

Onda je u lipnju saznao kako ima rak gušterače, jedan od onih munjevitih.

Rastuživala ga je ideja o umiranju, ne zato što se bojao smrti, već zato što se bojao kako neće imati dovoljno vremena za promijeniti se, za postati bolja osoba.

Prikupio je mnogo slika Silvia u Valle di Susa: s njim i s roditeljima, zime na snijegu, ljeta u otkrivanju ljepota prirode i povijesti okoline.

To je bilo u omotnici koju mi je Michele dao kada smo se vidjeli u baru: htio mi je ispričati svoju priču, reći ono što nije htio biti, pomoći čitateljima da postanu bolje osobe.

Michele mi je ispričao svoju kratku priču prije pozdrava, posljednji puta kada sam ga vidjela.

Poznata glumica je oboljela od raka: uspjeh, radost života koji se čini gotovo savršen, a uvijek u silaznoj putanji, postaje strašna noćna mora. Neće je ni novci, ni slava, ni ogromna vila u kojoj živi izbaviti od strašne depresije koja ju je stigla. Ali ljubav njenih najmilijih, prijatelja i jedne ljubavi promijenit će joj život, pomoći joj shvatiti što je uistinu važno u njenom životu.

«Sjeti se uvijek voljeti Vittoria, mnogo voljeti».

Zavist je priznanje inferiornosti.
Ljudi se nikada dovoljno ne poznaju,
ali kada se čita između
redaka njihova srca, onda da,
možda se na trenutak
susretne njihova duša.
Shvatila sam kako
sam na raskršću
ili priče ili života.

Epilog

Upravo sada
shvaćam kako sam
bila lopov ovih mjeseci...
plačem zbog onoga
što sam izgubila,
a umjesto toga bi trebala
biti zahvalna za ono
što sam imala,
jer na kraju nije ni bio moj...
To je bio dar,
hoće li tako i ostati?

Nakon gotovo četiri mjeseca ne mogu više negirati.

Vidjela sam jedan članak u novinama s kojima sam surađivala, a koji je govorio o «kolijevkama za život».

Počela sam plakati i pitala sam se kako jedna mama može nositi dijete devet mjeseci i onda ga se tako riješiti... počela sam u glavi smišljati sve moguće razloge, ali nisam našla ni jedan dobar kako bi opravdala tako ekstreman izbor.

Jasno, moram otkriti jesam li trudna, jesam li u svoju utrobu primila beskonačnu ljubav, ili sam bolesna. Moram saznati, jer bi to dijete bilo dar koji mi je Michele ostavio, koji je ostavio na ovoj zemlji, a moram saznati i za sve one mame koje tu radost nikada neće imati, ne mogu biti tako sebična.

Odlučila sam. Napravit ću taj test. Pozitivan ili ne, ionako ću odjuriti ginekologu. Za svaki slučaj, prije nego napravim test, kontaktirat ću svog ginekologa. Bez obzira na ishod, bar ću rezervirati termin.

I tako, nakon što sam kupila i treći test za trudnoću, ohrabrila sam se i iskoristila mirni trenutak kada sam bila sama kod kuće kako bi urinirala na označeno mjesto, kako je to opisano u uputama.

Nije izlazila ni kap, tolika je bila napetost, ali ruka mi je zadrhtala i, nakon nekoliko sekundi vječnosti, test mi je ispao u školjku i sve je ponovo završilo.

Tako nikada neću uspjeti. Moram s nekim razgovarati. S Francescom? S Robertom? S mojom sestrom? S mojim bratom? S mojima?

Briznula sam u plač. Konačno su slane i gorke suze kliznule niz lice, olakšavajući moje očajno srce. Moram skupiti snage, ako sam trudna, prošla su tri mjeseca, nemam namjeru pobaciti, ne bih mogla više, ali barem bi htjela znati spol, ili bar koliko ih je.

Tisuću misli u jednoj sekundi. Pred očima mi je prošao čitav život, poput brzog vlaka, odbjeglog konja, divljeg bika, a onda magla i trenutak kasnije... Claudio.

Naravno, Michele je bio jasan: «Voli najviše što možeš».

Voljela sam, da, puno puta i svaki mi se puta činilo da nikada nisam toliko voljela.

Ipak, nešto je s nekime bilo drugačije. Drugačije jer sam bila sretna, jer sam s tom osobom i sada željela još jednu šansu.

S Claudiom sam se poznavala cijeli život, nekoliko smo godina razlike, moglo bi se reći kako smo se rodili zajedno: on dvije godine mlađi od mene, ja uvijek vesela i malo luckasta.

Odnos se intenzivirao kada smo zajedno bili na vozačkom ispitu.

S osamnaest sam godina imala prometnu nesreću u kojoj je vozila moja prijateljica.

Nije bila njena krivnja, već onog drugog vozača koji, ometen, nije obraćao pažnju na cestu. Rezultat je bio potres mozga i malo problema u ramenu i vratu.

Hvala Bogu, gotovo sam se u potpunosti oporavila, ali trebalo je neko vrijeme.

Srce je, međutim, jako patilo. Strah od smrti, ali i strah od sjedanja za volan i mogućnost da i ja jednom nekoga ne udarim, skamenili su me.

Nisam više htjela vozačku. Prošle su dvije godine, sve dok me moj otac nije upisao na silu i protiv moje volje u autoškolu. To je za mene bila nečuvena patnja: prošla sam teoriju, ali praksa je za mene bila mučenje. Prve vožnje bile su po cestama Bardonecchia, pa Susa, jer sam tamo morala polagati ispit. Tada sam se imala priliku bolje upoznati s Claudiom.

Zajednički prijatelji, malo je mjesto, ukratko, počeli smo izlaziti. U početku je bio previše sramežljiv da bi nešto poduzeo.

Sve do jednog dana početkom proljeća, dok je još bilo snijega, kada smo se prvi puta poljubili. Je li sukrivac bio alkohol ili možda kolektivna radost fešte s prijateljima, ali bilo je lijepo.

Uslijedilo je još poljubaca, iako ne previše. Sljedeće godine, nakon diplome, izgubili smo kontakt.

Životi, okolina i različiti ritmovi, a možda i različite glave. On je imao potrebu stjecati svoja iskustva, a ja moja.

U jednom sam trenutku pomislila kako bi se s Mariom, dečkom s kojim sam prohodala odmah nakon Claudia, mogla čak i oženiti.

Predstavila sam ga mojoj obitelji, a on je mene svojoj: bio je stariji od mene i u njega sam polagala brojne nade. Stvari, međutim, nisu išle.

S Claudiom sam se ponovo srela nakon dvije godine kada smo zajedno radili na jednom projektu. Slučajnost ili sudbina? Ono što znam kako za Claudia još uvijek imam jake osjećaje. Sramim se reći, čak i samo pomisliti na to, jer ispada kao da negiram sve ono što se desilo nakon njega. Nije tako. Sve kasnije je bilo iskustvo, čak i ljubav ako tako mogu definirati, ali nikako nije izbrisalo Claudia.

S Claudiom sam bila i sretna, iako sam puno plakala. Jedan sam period čak prestala jesti jer sam znala kako izlazi s drugom.

No, biti s njim činilo mi je, i još uvijek mi čini da se osjećam dobro. Iznutra osjećam kako je drugačije nego s drugima. To je jedan iskreniji odnos u kojem greške nisu bile diktirane zlobom, željom da se naudi ili prave pogreške, već one mladenačke, možda iz potrebe da se potraži negdje drugdje, da se izgubimo kako bi se ponovo doista našli.

S Claudiom volim pričati. Da, privlači me, još i danas, ali sada volim pričati s njim. Ne razmišljamo o svemu jednako, ali o mnogočemu da.

Tu je uvijek konstruktivan dijalog, uvažavanje i razumijevanje drugoga. Claudio će sljedeće godine završiti studij. Mislim kako bi se stvari mogle promijeniti. On zna moju prošlost, i unatoč svemu poznaje me iznutra i vjeruje u mene. I ja vjerujem u njega. Claudio zna i za Michelea... ali da zna kako sam trudna?

U mojoj kutiji uspomena čuvam jednu bakinu bisernu ogrlicu. Nisu to pravi biseri, ali za mene vrijede kao da jesu, čak i više. Moja baka nije posjedovala ništa u životu, osim te ogrlice, krunice koje mi je poklonila kad sam bila dijete i puno slika svetaca i Bogorodice. Kada je umrla, čisteći kuću, nije bilo ničega što bi mogli podijeliti. Mario je upoznao moju baku, a Claudio ju nikada u životu nije vidio.

Da je moja baka mogla birati između njih dvoje... koga bi odabrala?

Stvari se vrlo brzo mijenjaju, a u tim kutijama uspomena čuvam brojna pisma, potvrde o nagradama za književnost i poeziju.

Mnoge sam posvetila bivšim ljubavima, a neke sam napisala za Claudia.

Michele me zamolio da mu pročitam koju. Među mnogima izdvojio je desetak i bez ustručavanja rekao «Čovjek kojem si posvetila ove stihove je onaj koji će te pratiti cijeli život».

Kako je uspio shvatiti da su upravo tih deset upućene jednoj jedinoj osobi, to će biti sumnja koju ću nositi do kraja života.

Za Claudia me vežu i duhovite epizode. Jedno ljeto prije par godina moji su roditelji ostavili same mene i sestru na dvadesetak dana i tada se pojavio jedan čudan fenomen u našoj kući. U mnogim trenutcima tijekom dana čuli su se čudni zvukovi za koje nismo mogli odgonetnuti odakle dolaze.

Pozvale smo par prijateljica da dođu prespavati kod nas i sve smo čule zvukove. Čak je i Claudio čuo zvukove kada je došao na večeru. Ludo!

Na kraju su i moji, kada su se vratili s mora, noću čuli zvukove. Nitko nije mogao odgonetnuti prirodu zvukova, ni odakle dolaze. Ispraznili smo svaku ladicu u kući, premještali sobu po sobu, pa čak i podrum, stare radio prijemnike, razne vrste elektroničkih naprava, vadili smo pipe, kontaktirali telefonske tvrtke, ali ništa, nije se pronalazio razlog.

Već očajni, poslušali smo savjet jedne prijateljice i stavili čašu vode na naviše mjesto u kući kako bi duše mrtvih koje možda lutaju našom kućom mogle otići.

Bilo je lijepo otkriti na kraju kako je sva ta buka nastala zbog jedne «govoreće olovke» koja je govorila svakih šezdeset minuta, a koju smo ne nekoj tržnici zajedno kupili Claudio i ja. Smijeh oko te priče ušao je u povijest: ni ja ni on nismo ni pomislili na tu mogućnost!

Kupila sam četvrti test na trudnoću. Ovaj sam ga puta napravila. Pozitivan je. Kupila sam i peti i ponovo ga napravila: opet je pozitivan. U nevjerici sam otišla kod ginekologa koji mi je tijekom ultrazvuka rekao: «Tu je dijete, tu su otkucaji, tu je život!».

Nisam ništa razumjela, samo da u meni, bez obzira na moju nepažnju, moje je dijete odlučilo živjeti, Michele mi je poklonio život.

– Je li u redu?

– Jako je dobro ovako na prvi pogled, ali morate napraviti kontrole. Vi imate problema sa zdravljem, a nikada do sada niste obavili kontrolu?

– Ne... dobro je, je li tako?

– Ponavljam kako je dobro... i zakleo bi se da je dječak.

Tog se razgovora gotovo ni ne sjećam. Sama sam ušla u auto i vratila se kući. Sada znam, sada je nepobitno, trudna sam, srce je tu, on je tu.

«Dijete će se zvati Simone» rekla sam si. Simone ima hebrejsko i grčko porijeklo i znači: «Bog je poslušao moj glas».

Nisam zaslužila ovo dijete, nisam zaslužila ni da bude živo, ali želim zaslužiti postati njegova mama od danas na dalje. Bog je čuo moj očajnički glas, nisam imala hrabrosti priznati kako se u meni događa nešto veliko, ali On je čuo moj glas i Simone je tu.

Otišla sam u crkvu Maria Ausiliatrice čim sam se vratila u Bardonecchiu, i položila buket crvenih ruža u podnožje kipa Gospe.

Majko, ti koja si majka svih ljudi, nauči me biti majka i zaslužiti dar majčinstva.

Mnogo, mnogo suza palo je na moje lice. Suze srama, straha, tjeskobe, ali i suze oslobođenja. Sada znam i trebam biti odgovorna i zahvalna na onome što mi je darovano.

Dar, da... kao što je rekao Michele: «Svatko od nas ima dar».

Moj je bio dupli, dijete i vjera. Dar koji bih

željela prenijeti drugima su pozitivne poruke.

Kada mi je ispričao svoju priču, Michele je želio što većem broju ljudi prenijeti poruku nade na najbolji način.

Bez zavisti, bez konkurencije, ali pun ljubavi i suosjećanja za druge.

Moj će dar biti nastaviti pisati dobre vijesti, ubrati između korova male cvjetove koji se ne uspijevaju probiti do sunčeve svjetlosti.

Od djetinjstva sam voljela šetati poljima, iako je pelud uvijek bio moja slaba točka, mirisati cvijeće, uživati u okusu jer sam osjećala kao da se hranim njihovim bojama.

Na Tour D'Amount sam voljela tražiti djetelinu s četiri lista, ali je nikada nisam pronašla.

Jednoga dana želim odvesti Simonea da trči po poljima, da jede život s radošću i predanošću prema bližnjima. S ovim se mislima molim u ovoj crkvi i u sebi nosim molitvu.

Život u maloj zajednici ima svoje dobre i loše strane. Mnogi će se pitati čije je dijete. Jednoga ću dana znati što odgovoriti.

S obzirom na posao kojim se bavim, vijest će se za tren proširiti. Uskoro moj trbuh neće izgledati samo debeljuškast, tada će moja trudnoća postati očita, a ja ne želim negirati!

Da, nemam vlastiti dom, nemam kraj sebe muškarca, a moja će obitelj to teško podnijeti. Ali bit će prvi unuk i na kraju će ljubav prema njemu biti veća od ljutnje prema meni.

Želim napisati knjigu, ispričati Simoneu cijelu povijest, ne želim da izgubi ništa od svojih krojena.

Mnoge mi se misli motaju po glavi. Čak i posao... neće biti lako, mnogi će novinari jedva čekati da siđem sa scene kako bi me zamijenili i utirali svoj put. Ali malo privrženosti prema meni vjerujem da postoji, nakon svih tih godina posvećenosti zajednici.

Napisala sam uistinu puno i o mnogima.

Pisala sam duboko kopajući, ali i zadovoljavala se sitnom kronikom.

Pisala sam jer su mi mnogi otvorili svoja vrata, kuće i srca, kako bi mi ispričali iskustva i misli.

Pisala sam intervjuirajući putem telefona, putem emaila, čak i putem poruka ako je bilo potrebno, ali kontakt koji najviše volim je onaj najhumaniji: susret.

Pisala sam, a Claudio nije propustio ni jedan od mojih članaka sve ove godine. Ispravljao me ako je bilo potrebno, dopunjavao ako je smatrao korisnim, pohvalio me kada je vjerovao kako bi mi poticanje samopoštovanja svako toliko moglo dati odlučnosti suočiti se s najmračnijim trenucima života.

Izlazila sam iz crkve, kada sam začula kako se otvaraju druga vrata. Iz znatiželje sam pogledala.

Bio je to Claudio:

– Vidio sam tvoj auto i zaustavio se. Rekla si mi kako moramo razgovarati.

– Da, voljela bi s tobom popričati!

– Možemo li sada?

– Da, ali trebat će mi šezdeset godina, imaš ih?

Nije više rekao ništa već je sa smiješkom slegnuo ramenima i pogledao me u oči. Izgubila sam se. Sjeli smo na vanjske stepenice crkve i počeli pričati.

Ljubav ne umire.
Tako je završio njegov život,
između udarca i rane.
On nikada neće umrijeti u mom srcu.
Vidim ga svaki dan u očima našeg sina,
u svakom uglu ulice,
u svakom slatkom dašku vjetra,
u svakoj kapi ljetne kiše.
Taj sam dan sam shvatila
koliko mi radosti još,
nakon njegovog odlaska,
može život darovati.
Misli putuju brže od ljudi koji
su ih zamislili.
Imat će njegov smijeh,

njegovu vitalnost,
njegovu životnu radost...
Ti si uvijek predamnom,
vodiš me, ogoliš moje strahove.
Slijedit ću tvoje stope,
i iako te ne vidim znam da ćeš biti tu.
To će mi dati snage za život.
Upoznala sam te slučajno
tijekom intervjua pred četiri godine.
Tada sam naučila nešto,
želju da vidim svijet očima djeteta,
to dijete je Simone, naš sin.

Sjećanja spajaju ono što
je sudbina rastavila.

Anoniman

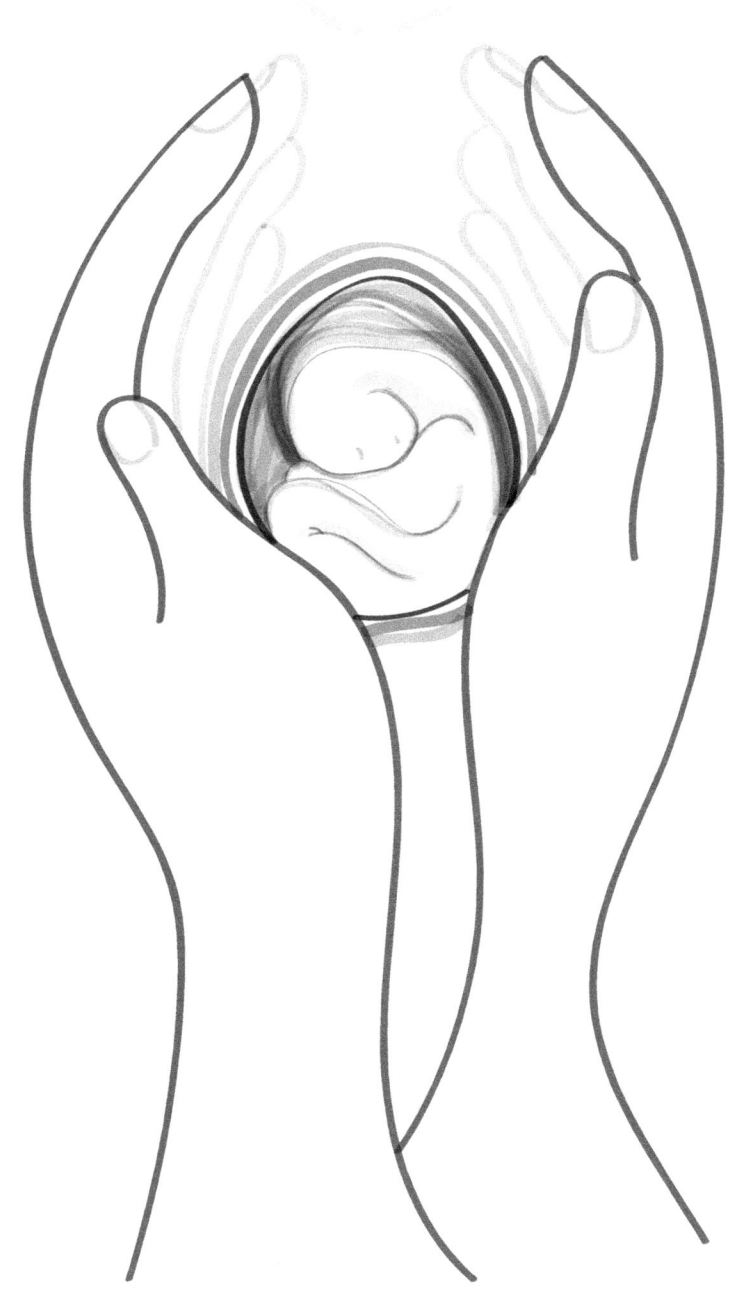

Pogovor

Tako ste stigli na kraj ove priče, nadam se kako vas je raznježila koliko i mene.

Imam posebnu vezu sa Sené, ona je jedna od mojih najboljih prijateljica. Prihvatila sam sa srećom, ali i s dozom straha njenu molbu za pisanje pogovora za ovaj roman.

Pitala sam se: hoću li moći dovoljno istaknuti ovo djelo?

Ovo nije priča kao ostale, to je poklon, dar (nomen est omen) koji je Sené htjela dati svojim čitateljima.

Poklanjati nije termin koji slučajno koristim. Za mene je slušanje njenih riječi i kasnije čitanje istih bio neizmjeran dar.

Njena poetska i blaga proza znala je vrlo vješto istaknuti osjećaje i duše raznih likova.

Tečni stil omogućava čitatelju da zaroni u priču i proguta je u jednom dahu, uz nestrpljenje da sazna koji je poznati dar iz naslova, gotovo stream of consciousness, kao što kažu Englezi, tok svijesti Vittorie, koja nam kroz svoje pripovijedanje predstavlja likove i događaje koji nam uzbuđuju srce.

Ljubav je glavna tema ove knjige, jedna teška, u početku sputavana ljubav, ali koja je izbila kao rijeka sa svom svojom moći jer Vittoria ima puno ljubavi za ponuditi, ali treba upoznati pravu osobu kojoj bi je mogla pokloniti.

Ono što ste upravo pročitali je jaka i bolna priča u kojoj se eros i tanatos ispreplić kako bi dali život najljepšem daru od svih: jednom novom životu.

Život koji je rastao polako ali silovito, koji je nastajao istovremeno dok se Michele gasio.

Ali, kao što dobro znamo, Michele nikada neće prestati živjeti, i to ne samo zahvaljujući Simoneu već upravo zahvaljujući Sené koja je željela s nama podijeliti ono što se dogodilo.

A ti čitatelju koji si došao do kraja sada imaš važan zadatak: proširiti ovu priču, podijeliti je s prijateljima tako da Michele nastavi živjeti, ne samo između stranica ovog romana.

«Svatko od nas ima dar», to je lajtmotiv ovog romana, a vi? Koji je vaš dar?

Valentina Cavallaro

Bilješka autorice

Ispričani događaji, iako rođeni iz stvarnih ideja, uronjeni su u izmišljenu radnju.

Osobe koje ste upoznali na ovim stranicama projekcija su pravih osjećaja, ali imena su izmišljena kao i njihove bibliografske konotacije.

Zahvale

Hvala ako ste stigli ovako daleko bez preskakanja ijedne stranice, vaše je vrijeme za mene dragocjeni dar.

Od sveg srca zahvaljujem izdavačima, Simonetta, Valentina i Tania. Vi ste ovom mom djelu dale pravu podršku, tako da je iz nacrta emocija i iskustava mogla zaživjeti prava knjiga.

Hvala svim Micheleima koji su bili dio ove moje prve faze, osobne ili profesionalne. S ovim se romanom zatvara jedno poglavlje u mom životu, ali se otvara prozor prema vama, kojima ide moja najveća zahvalnost.

Knjiga bez čitatelja
je kao barka
bez mora.

Autorica

Biografija

Sené Sepav, generacija '89, rođena u Italiji, od djetinjstva živi u Torinu. Bavi se novinarstvom od 2014., a od rane mladosti piše pjesme. Diplomirala je književnost, smjer književnost, glazba i umjetnost na Università degli Studi di Novedrate, s diplomskim radom iz bibliotekarstva pod nazivom Između proizvodnje i čuvanja posebnih dokumenata: knjiga poezije u prijepisu na Brailleovo pismo. Voli fotografiju i cijeli umjetnički svijet. Njena je omiljena knjiga Mali princ. Dar je njen prvi roman objavljen u Oak izdavačkoj kući.

Pisanjem si mogu
"izmisliti" život,
koliko ljudi može reći
da to zna učiniti?

Vittoria, autorica